U0941661

《彭阳文化丛书》编委会

彭阳文化丛书

文学评论卷

主编　马文山

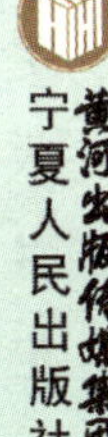

黄河出版传媒集团
宁夏人民出版社

图书在版编目（CIP）数据

彭阳文化丛书. 文学评论卷 / 马文山主编. —银川：宁夏人民出版社，2013.9

ISBN 978-7-227-05484-9

Ⅰ.①彭… Ⅱ.①马… Ⅲ.①文艺—作品综合集—彭阳县—当代②中国文学—文学评论—文集 Ⅳ.①I218.434 ②I206-53

中国版本图书馆CIP数据核字（2013）第221785号

彭阳文化丛书·文学评论卷　　马文山 主编

责任编辑 陈　浪

封面设计 雷秀云 余文花

责任印制 杨海军

黄河出版传媒集团
宁夏人民出版社　出版发行

地　　址 银川市北京东路139号出版大厦（750001）

网　　址 http://www.yrpubm.com

网上书店 http://www.hh-book.com

电子信箱 renminshe@yrpubm.com

邮购电话 0951-5044614

经　　销 全国新华书店

印刷装订 银川天之健文化传媒有限公司

印刷委托书号（宁）0013870

开　　本 787mm×1092mm 1/16　　印　　张 11.25

字　　数 150千　　印　　数 1500册

版　　次 2013年9月第1版　　印　　次 2013年9月第1次印刷

书　　号 ISBN 978-7-227-05484-9/I·1387

定　　价 219.00元（全七册）

序　一

彭阳县县委书记　张国彦

彭 阳 县 县 长　赵晓东

彭阳历史悠久，文化灿烂，是古代文明与时代精神高度融合、交相辉映的地方，孕育出了丰富独特的文化资源。

三万年前，就有先民沿茹河而居，由此翻开彭阳文明第一页。自秦迄明，置郡设县。秦长城、汉城郭、唐宋石窟堡寨、明清古塔寺院故址犹存，丝绸之路穿境而过。帝王将相、文人墨客多有造访。秦惠文王"投文诅楚"朝那湫（今彭阳古城镇镜内）；秦始皇西巡、汉武帝北巡均途经朝那（今古城镇）；武帝北巡时，司马迁曾随驾记胜。彭阳人杰地灵，人才辈出。皇甫家族，崇文尚武，学子迭兴。东汉将领、军事家皇甫规抚羌宁疆，荐贤委位；东汉朝臣皇甫嵩，文经武略，戎马倥偬；魏晋间作家、医学家皇甫谧，针灸之祖，文史通人。

明清民国时期，境内有"东山文化之乡"美誉。"东山文化"既包含历史文化传承，也蕴含现代文化因子。其底蕴深厚，内涵丰富，涵盖以礼仪、民居、饮食、婚丧、庙会等为主的民间习俗，以书画、剪纸、刺绣、泥塑、彩绘、根雕、石刻、社火等为主的民间艺术，以伏羲出生地、白马庙、孟姜女哭长城等传说为主的民间文学。"东山文化"是彭阳县地域文化的主脉和象征，集中体现了彭阳人民以待人宽厚、为人诚实、以和为贵、以信立身、民风淳朴、勤劳朴实为核心的人文精神和尊重知识、重视教育的优良传统。

革命年代，彭阳属于陕甘宁边区的一部分，在民族解放和新中国诞生过程中谱写了一曲壮丽的凯歌。红军长征翻越六盘山，一代伟人毛泽东先后宿营小岔沟、乔家渠，写下了壮丽词篇《清平乐·六盘山》。红军西征，建立了红色政权，留有峁堡地下交通站、红河地下党支部、虎家小园子地下党支部等早期革命遗址。解放战争时期，在任山河打响了解放宁夏第一仗。这些红色文化资源，激励着家乡人民在新中国建设和改革开放征程上，以“不到长城非好汉”的凌云壮志，取得一个又一个辉煌成就。

1983年建县以来，彭阳生态环境的改观形成潜在的人文资源。彭阳坚持“生态立县”的建县方针，30年来，坚持不懈地改山治水，绿化造林，不断提升了生态环境建设水平。森林覆盖率由建县初的3%提高到24.8%，先后荣获全国生态建设先进县、水利建设先进县、造林绿化模范县、退耕还林先进县、水土保持生态文明县、全区生态建设模范县等殊荣，阳洼流域、大沟湾流域等被国家环保总局列为第八批全国生态示范区，茹河生态园、茹河瀑布被列入国家级水利风景区，这都是彭阳县生态建设的典范，已经成为休闲观光旅游的地方。彭阳人民在建设秀美山川的长期实践中孕育出的“彭阳精神”和“彭阳经验”，是彭阳生态文化的精髓。

近年来，彭阳立足现有的文化资源，通过进一步发掘和整理，确立“皇甫谧文化、东山文化、红色文化、生态文化”四大文化品牌，即“皇甫谧故里、东山文化之乡、红色热土、生态绿色新家园”。这些文化资源已成为彭阳地域文化的有机组成部分，是彭阳人民生产、生活的精华积淀，是促进彭阳经济社会发展的重要动力。

自2005年彭阳县第一次文代会召开以来，文化建设进入了大发展、大繁荣的时期。县文联及各艺术协会在县委、政府的正确领导下，在区、市文联的精心指导下，团结和带领全县文艺工作者坚持文艺工作的“二为”方向、“双百”方针和“三贴近”要求，开展每年一届的“文化艺术月”“书香彭阳”等主题文艺活动，狠抓《彭阳文学》《彭阳摄影》《彭阳文艺网》等文艺主阵地建设，创作出了一大批弘扬先进文化、反映时代精神、富有地方特色的优秀文艺作品。文学、书法、美术、摄影、音乐、舞蹈、戏剧、民间艺术等各个艺术门类，从无到有、由弱变强，百花齐放、异彩纷呈,呈现出团结、和谐、繁荣、发展的良好局面。

风雨兼程三十载,和谐盛世谱华章。建县30年来,彭阳始终保持了政治民主、经济发展、社会进步、民族团结、人民安居乐业的良好局面,城乡面貌发生了巨大变化,文化事业、精神文明建设更是呈现出勃勃生机。为了让外界更多地了解彭阳、关注彭阳,进一步激发全县广大干部群众热爱家乡、建设家乡的热情,县委宣传部、县文联在彭阳建县30周年之际,编辑整理出版《彭阳文化丛书》。丛书分小说卷、散文卷、诗歌卷、报告文学卷、文学评论卷、书法卷、美术工艺卷七个部分,以宣传彭阳为主旨,以提升彭阳知名度和美誉度为目的,力求多层次、多角度、全方位反映彭阳建县30年来的文学艺术成就。

丛书的编写,是一项系统工程,得到了有关部门的支持,各编辑人员夙兴夜寐,忘我工作,保证了丛书编写工作顺利进行,在此深表谢意和敬意。丛书的出版,是我县文化艺术工作的一件大事、盛事,是我县文化艺术工作辉煌成果的一次大检阅、大练兵、大交流。以丛书的形式集中反映我县文化建设成就,这在我县还是第一次,所以该丛书在我县文化建设史上具有里程碑的意义,可喜可贺。

"国民之魂,文以化之;国家之神,文以铸之。"文化作为一种精神力量,越来越受到重视,并成为一个地区推动经济社会发展的重要动力。近年来,彭阳县在积极发展经济的同时,充分认识到文化对于经济发展的重要作用,建设好、打造好促进经济和社会发展的文化环境,从文化环境建设中获得发展动力,以适应全面建成小康社会的新要求,是我们应积极研究探索的新课题。

文化凝结着历史,文化开拓着未来。我们相信,勤劳智慧的彭阳人民不仅能够不断创造新的经济奇迹,而且能够不断提高文化的传播力、影响力,让彭阳文化放射出更加璀璨的光芒,为加快建设"生态彭阳、宜居彭阳、富裕彭阳、诚信彭阳、和谐彭阳"与全国、全区同步进入全面小康社会做出积极的贡献。

序　二

彭阳县委常委、宣传部部长　马文山

党的十八大报告强调，全面建成小康社会，实现中华民族伟大复兴，必须推动社会主义文化大发展大繁荣，兴起社会主义文化建设新高潮，提高国家文化软实力，发挥文化引领风尚、教育人民、服务社会、推动发展的作用。这充分反映了我们党对当今文化趋势和我国文化发展方位的科学把握，为文化建设指明了前进方向、提供了基本遵循。如何贯彻落实好党的十八大精神，扎实推进社会主义文化强国，是基层文艺工作者一项重大而艰巨的任务。

今年是彭阳建县 30 周年。30 年来，全县广大文艺工作者认真贯彻"二为"方向，坚持"双百"方针和"三贴近"原则，深入挖掘彭阳地域文化资源，大力培育彭阳特色文化品牌，不断创新文艺表现形式，通过文学、美术、书法、民间工艺等艺术载体，充分展示了全县经济社会发展的辉煌成就，展示了全县人民团结奋斗的精神风貌，文化艺术事业蓬勃发展、成绩喜人，特别是文化艺术活动丰富多采、主题鲜明、形式多样、独具特色，全面反映了我县文艺发展成果，激发了全县广大干部群众同心同德、团结奋进、干事创业的热情，唱响了主旋律，为丰富和活跃基层群众文化生活、推动文化事业大发展大繁荣、构建和谐彭阳提供了强大的精神动力。

《彭阳文化丛书》是彭阳建县 30 年来部分优秀文学艺术作品的集锦，既有对生活在彭阳这块土地上的人民的精神状态的忠实记录，也有对全县翻天覆地的变化的热情讴歌；既有对社会热点和弱势群体的强烈关注，也有对不良风气不文明行为的有力鞭挞。其中许多作品可圈可点,感人至深,不乏振聋发聩之音。这些文艺作品寄托了彭阳广大文艺工作者的思想、情感和期盼,字里行间无不流露出心系彭阳经济社会发展的情感和指点江山、激扬文字的豪迈,充分体现了广大文艺人才"铁肩担道义,妙手著文章"的精神品质。《彭阳文化丛书》的整理出版,为新时期推动全县文学艺术发展提供了范例,让全县广大干部群众更加深刻地了解彭阳的过去、现在和未来,从而更加热爱彭阳,更好地建设彭阳,对进一步宣传彭阳,让外界全方位、多层次了解彭阳的历史文化和当前的发展实绩起到巨大的推动作用。

面对这套浓缩了彭阳县经济社会发展、文化民俗和精神品质的文艺作品,仿佛重历那些波澜壮阔的岁月,感受变革带给人们的心灵体验,其中的艰辛探索和不懈奋斗,已为今天的巨大成就所印证。这足以告慰前人,激励今人,昭示后人。而这样一部作为涵盖彭阳文学艺术全貌的书籍,较为全面地反映了彭阳文艺创作所取得的丰硕成果,作为一种精神资源,其史料价值和文化价值当不会被低估。

当前,面对党的十八大提出全面建成小康社会,实现中华民族伟大复兴的的重要时期,在新的起点和更高层次上推进彭阳经济社会大发展、大跨越,是时代赋予我们文艺工作者的神圣职责和庄严使命,是全县人民的共同心声和热切期盼。全县广大文艺工作者一定要高举社会主义先进文化旗帜,树立高度的文化自觉和文化自信,进一步拓宽视野,大胆探索,创作出反映时代精神、体现地方特色和民族风貌的优秀作品,更好地满足人民日益增长的精神文化需求,更进一步为加快推进生态彭阳、宜居彭阳、富裕彭阳、诚信彭阳、和谐彭阳建设提供不竭的精神动力和智力支持。

目录
CONTENTS

上　篇

下　篇

上篇

矿泉杏仁露与彭阳文学

——简评一组彭阳文学作品

慕　岳

在人们想钱、谈钱、捞钱的潮水几乎要将文学连根拔起的时候，地处黄土高原大山一隅的彭阳人却又兴致勃勃地栽起了文学的花岗岩，于是，《六盘山》给了他们一个专号。彭阳人就是这样在首创"矿泉杏仁露"为龙头的"云雾山"系列饮料，不断开拓大自然的资源、脱贫致富的同时，又展示了自己精神上的追求和丰富多姿。

这期彭阳专号刊印了属于彭阳作者的小说、散文、诗歌、报告文学等数十篇作品，有杨建虎的诗《舍的故园》，王成峰的《散文诗三章》，小寒的小说《无言的石河道》，瓮志明的系列散文《彭阳三记》，韩聆、台维斌的报告文学《天然，野性的召唤》，等等，可谓品种多样，姹紫嫣红。既裸露着长城塬上黄土的本色，又显示出不甘寂寞追求现代文明的时代意识。

我的英国朋友苏珊·爱莫斯在固原山区居留两年，离别回国时对我说："固原在物质上是贫困的，但在精神上却很富有。"我相信这是她的一个发现，也是由衷之言。文学是真、善、美的精神殿堂，是需要由具有发现美的眼光的人去创造、去构筑的。彭阳人的这一组作品就是从不同的视角、用不同的手段、采取不同的形式表现那被自己热恋的故土的自然美和灵魂美的。

这一组作品，对我来说印象虽不是特别深刻，但也烙印了一个清晰的轮廓。从题材上看，描绘的都是彭阳的山、彭阳的水、彭阳的人，抒发的也是由彭阳故土激发的缕缕情思。那“殷实丰厚”的长城塬，那“喁喁而语”的茹河水，那“亮在人们心中”的灯盏山，几首小诗，道不尽对彭阳的钟爱和希冀。散文《彭阳三记》更像一幅寓情于景的乡土水墨画，用精美简约的文字勾勒了彭阳的山山水水，描写了彭阳的自然美、风俗美、人情美。吸引着读者要亲临观光，去领略这淳朴、雄浑、毫无雕饰、清新壮美的山川人情，陶冶其中。《天然，野性的召唤》是以土生土长的彭阳优秀企业家席维平开创“矿泉杏仁露”为龙头的“云雾山”牌系列饮料的艰难过程为素材撰写的报告文学。彭阳人写彭阳的事，写彭阳历史性的变革，写彭阳的开拓进取，这又是一个新的高度，是从对故土的爱恋，对故土人情民俗的温馨之情升华出来的变革、改造、建设的新的时代意识。从主题立意上看，这组作品或者是对故土的颂歌，或者是对创业新人的赞美诗，都是健康、积极、向上的。

在这组作品中最值得赞评的是瓮志明的《彭阳三记》和韩聆、台维斌的《天然，野性的召唤》。《彭阳三记》有“山记”“水记”“城记”。从整体面貌上讲，这“三记”展现了彭阳的山水风光、人情民俗、建设拓展、历史与现实的多彩画面，生动逼真，使读者对彭阳有了清晰的印象。他写山、写水、写城都很有特色。写山：“那山推推搡搡仿佛看大戏的堆或赶集的流，一个个高挑着头颅，其他部位则挨得紧紧，只显示大致的轮廓”；写水：“在任意一个沟里，总有一汪清泉，小小而圆圆，仿佛谁家女子遗失的一面镜子，又如天上落下的月亮。”形象中寓含着情趣，质朴而又荡漾着诗情。既有自然天成的美，又有诗画互映的创造美，把彭阳的特色艺术化，激发了人们对彭阳的钟爱和欲求一睹丰彩的欲望。这三记，有许多语句既像诗，精练、含蓄，又像格言，饱含哲理，耐人寻味。“山是人的屏障，人是山的风景”，“山是琴，人是弦，弦因琴而存在，琴因弦而鸣响”……真有点天人合一、情理盎然的意味了。还值得一说的是，这三记颇有文字功，简约、含蓄又生动活泼，既有学究驾驭文字的精到，又富于创造者的异想天开，展露了作者的才气。

韩聆和台维斌的《天然，野性的召唤》使我对彭阳有了新的认识。这篇报告文字是厚实的，厚实得和席维平创业事迹是那么合拍。席维平，一个土生土长的彭阳人，敢于问津新科技，敢于在如此封闭贫困的地区开创需要解决一大堆高新技术难题的“云雾山”牌系列饮料，我不由得为他竖起了大拇指。我熟知，在我生活的这个地区，贫穷伴随着保守，闭塞相生着无知，办事难，办开创性的事业更是荆棘当道、举步维艰。在这样的条件下，席维平上上下下，东奔西跑，烧香求神，八方呼吁，其历经艰难之状可想而知。文学，为这样优秀的企业家呼叫呐喊，鸣锣开道，这是人民的需要，事业的需要，时代的需要！我赞成“文以载道”，厌烦“玩文学”。我以为这篇报告文学的作者实现了自己真正的使命。报告文学既是报告又是文学，这篇作品在细节的描写和气氛的渲染上也有生花之笔，生动、感人，颇具文学性。如席维平孩子被撞伤后他却坚守在车间的描写，刘淑萍进行的最后一道工序测试的描写，都有着浓烈的感情色彩，读了令人感动。这对初次创作报告文学的作者来说实属不易。当然，如果作者再从结构上仔细策划，剪芜去杂，我想，席维平的知名度和他首创的“矿泉杏仁露”将会传播得更加广远。

从这一组文学我看到了彭阳人的见识、彭阳人的气魄、彭阳人追求精神丰富的执着。一个民族不只是需要会赚钞票，也需要精神的支撑和追求，也需要文学。从子孙后代着想，从社会文明进步着想，彭阳人兴致勃勃地栽培文学之花，有朝一日必将盛大开放。

（原载《六盘山》1994 年第 4 期）

诗意家园的歌吟者

——彭阳四作家创作简论

武淑莲

一

多次听到去过彭阳的人说，在西海固六县中，彭阳独特的人文、地域环境，形成了以生态农业为主导的发展思路。在现代人与自然和谐相生与共的期待、追求中，生态环境优美，人文积淀深厚，人与自然契合是最令人醉心的理想家园。

彭阳依山傍水，茹河水蜿蜒而过，滋养着嫌封闭又自足的万物生灵。同许多西部的城镇一样，在这里，苦难是一种最普遍的地域底色和情感情结。然而，有幸的是，彭阳却有着一群精神领域的突围者和引领者。这就是以韩聆、杨建虎、穹宇、王成峰为代表的四位作家。他们是这块土地上精神家园的建构者，依托于坚实的大地，吟唱着心灵深处的歌，挖掘着日常生活中的诗意。在焦灼、还不富裕、现代文明之光迟到的生存环境中，自觉地以人文的心态、现代的视角揭示当下生存的内在感受，引领人们靠近内心的神圣，建构了一个诗意、人文的心灵家园。茹河水滋养过的作者们根植本土而内在化的表达，为我们展现了古城人民的精神诉求，这朴素的诉求显现着独特地域上的生命意义。“面对茹河水那四季清浊流变的风韵，淙淙的声响，品读河水轻缓幽婉而又隐隐约约的意蕴，能够冲淘我和母亲相依相离所伴随的情感上的忧苦,也能够显出对母亲生命意义的体察和认识。”美丽的茹河水滋养、见证了一切,作家们以文字的形式感知着生于斯、长于斯的一切。既如此,那就让我们循着四位作家的文字,进入他们的文本,逼近他们的心灵,倾听他们的言说与吟唱。

二

从韩聆散文的确主要倾向上看，心灵的自由和人文的关怀始终是他追求的极致。故土、大地是他心灵的归宿和信仰的源泉。韩聆洁净、纯粹的语言蕴含的文化信息和个体情绪有既现代又古典的文学特征。最为引人注目的是,作为植根本土的作家,他又超越了“对方言土语的依赖和兴趣”,而明显地运用着具有“强烈时代气息和精神指向”的新语言,固守着诗意、价值、信仰等等古典、传统的人文价值。

韩聆的散文集《边缘情感》为我们培育了一片纯净、自然的草地,并且将山峦、河流,“甚至记忆中的一条小狗,一座园子,几个亲人的世界,并且一次又一次躲开城市的滚滚热浪与世俗的诱惑” 的感性经验带到我们的面前,自然风物,亲情友爱,西海固大地上农业物象的诸多元素在他的笔下浸染上了诗意。一些农业家园的碎片在他的笔下古典、宁静,充满了生态的、人文情愫的美感。《木耧谣》对“木耧”器具的符号学意义上的阐释,让人感受到诗意地栖居在大地上的生命的优美。诗性的语言文字让我们在与作品的亲近中,突然处于另一天地,与我们平常习惯的存在迥然不同——木耧的意味在于:“更多的时候,木耧是用来注视的、讲述的,用来感受的、梦想的。更多的时候,它属于佛。”韩聆告诉我们农业文明以家园的形式承接着心灵的自由与安妥。更具“农业诗歌精神”的是《沿着土路走走》,“那种带着最本真原初的人间气质的生活图景”在精神深处激扬起了“既悠远又亲近的农业意识”,面对一条农业土路,“闲暇时,沿着它走走、说说、看看。注视一下,端详一下,亲近一下,咀嚼一下”。“不要以狂野的方式对待农业,掠夺农业,或

冷眼疏离农业，践踏农业”，农业家园充满诗性、人情，在作者的笔下，农业家园是对精神的滋养与呵护。

韩聆倾注亲情的文字《跪望母亲河》《生命深处》《小妹，你回来》等等，在真情、痴心的浓浓包裹之中，让人时时泪水盈盈，由此而通向至尊至诚的人性本真。韩聆的文学世界是一种纯粹、无杂质的洁净的世界，一如他的内敛、文人气息，因而捧读《边缘情感》，分明是领受着一份痴情的温暖的关爱。

在描写自然风物的散文中，充满了哲理与智慧。以《泾河源断想》为代表，作者用心倾听大自然的语言，心与物游，自由放牧心灵。在《二龙河的石子》里，是审美的人与自然和谐同在的心态，对自然之物的审美中折射出独特的人文情怀和审美情趣。

韩聆以文学这种“清洁”的方式与人相识，固守着人文知识分子的价值理想而“自尊”地活着。在物质与商品气息占据生活主流的当下境遇中，这样的精神上的固守者和心灵上的漫游者无论如何都是值得尊敬的。

杨建虎是1970年代的“晚生代”诗人。多年来曾在全国诸多重量级期刊上发表作品，如《青年文学》《人民文学》《十月》《诗刊》《星星》《绿风》《诗潮》《诗选刊》《中国铁路文学》等等。作品入选《2000年中国最佳抒情诗》《中国诗选》《宁夏文学作品精选》《词语的盛宴》《2002年中国散文诗精选》等选本。应该说，如此骄人的成绩，当不愧为宁夏诗坛的一道亮丽的风景。

建虎的诗透着青春的气息，感伤与浪漫、固守与超越、朴拙与敏感相互交织，以家园、乡村为背景，吟唱着“流过乡间的谣曲”，追随着灵动的意象，在诗性的文字中，寻求灵魂的飞升。

建虎的诗歌既有内在的忧伤与顿悟，又有现实生存环境的真切烙印。抒情的场景最多在秋天——这是中国人文知识分子钟爱的抒情季节。秋天的忧伤荒凉与成熟之后的丰硕都给予了诗人丰富的内在的感受。在秋天的意境中，“飞鸟”和灿然开放的“野菊”是两个最多出现的意象。“鸟的影子，打湿了我心灵的叶片/那种展开翅膀的诗篇啊/我还要追随你浪迹他乡吗？”飞鸟是诗意的，“鸟儿歌唱着艺术”，“飞鸟”是他诗歌中最灵动的意象，是展开的诗的翅膀，是接近天堂和实现灵魂升华的媒介象征。“鸟儿，往往出现在我诗歌的意象中，她给予了我美好的想象与向往，给我深深的感伤和沉思，给我生命状态最真切的转换，给我自然的启示，给我想象中的天堂。我还祈求什么呢——有鸟飞过天空，这时候正是‘秋天’”。秋天的天空无言，鸟和飞翔的姿态却构筑了一幅美丽的动态剪影。意象是构筑诗歌意境的砖石，诗人珍视飞鸟与秋天、野菊，看重它们对诗意诗境的建构作用。日常生活中的一切都是易逝的，而艺术则是一种保存甚至永恒化的途径。建虎诗意的歌吟，固守着人生存的支点，感怀记载那些我们曾经熟悉的亲近之物：乡村、老家、磨坊、歌谣、麦子、羊群、野菊、飞鸟、花朵……感受这些温馨的词语并未飘向遥远的地方，而是与我们如此切近。

艺术是对受苦人的拯救，是痛苦变成兴奋剂的一种形式。诗人言说的一切指归都在提升人生意义，拯救灵魂。在《灵魂的出口》处“为了一首诗/我还在夜晚的灯光下与蓝色的火焰为伴”，“这个夜晚”属于诗人。《沉沦的花园》叹惋“诗歌的河流已经干涸”，而拯救的方式只有通过呐喊：“也许，也许需要呐喊/众多的往事清晰起来/大群的鸟雀重新歌唱/所有尊严和智慧/有如道道亮丽的彩虹/岁月流逝的激情/在梦中的花园上空久久飘荡”。诗人的感受中，诗梦的沉落才是真正的悲伤。但《苹果树在春天的风中摇动》又透着欢乐、希望的气息。而《梦中的老虎》几近是诗人内心英雄情结与积攒的生命能量的外化。“那火焰中奔腾不止的虎蹄/是光辉生命的一种燃烧”。生命的价值通过燃烧的火焰得到确证。诗人这种明晰的情感发展历程昭示着未来的一切。

某种意义上，建虎的诗是更具现代形态的诗歌。现实生活，自然风物，一己之怀，意象新颖，意境独特，秉承着 20 世纪 90 年代以来诗潮的浓厚诗韵，

充分表达了他内在的感受和思考。建虎的诗歌敏感而纯情，有漂亮飞翔的文字，更有词语的欲望和词语的狂欢。诗人毫不掩饰生活中随意性的美丽时刻，“在妹妹不断奔跑的身影里/槐花飘香，弥漫古老的村庄”。因着一份执着于精神家园的情怀，建虎的诗歌正在节节生长、成熟。

如果说韩聆、杨建虎的散文与诗歌漂泊着一些文人的感伤气息的话，那么王成峰的散文诗多呈现为积极向上的激昂调子，没有阴郁之气，充满希望与激情。他的散文诗吸纳散文的随意和诗歌的诗性、意境，自由畅美地抒写着对生活、生命的独特感受，在情感深处积淀的依然是中国传统文人的情感及价值取向，在平凡的日常感悟中自觉建构着现代人自下而上的价值世界。如《穿越高原》里作者心底崇高的英雄意识，对生命坚守的执着精神；《冬天的光芒》中尽管生存环境压抑，却抑制不住希望的生长；《永远的家园》是现代人普遍的怀旧情绪；《秋天的音符》呈示的是生命经历磨难而走向成熟的艰难历程。作者可贵的精神建构和价值坚守是他散文诗的灵魂所成。

穹宇的创作既有散文，又有小说，尤以小说成绩突出。他的小说呈现新的写作姿态，新的城市人眼光，是贴近现实生活原生态的生存描摹。穹宇是忠实于自己感受和认识的作家，在日常生活的细微处叙事，提供对现实生活、人物的真切感受。在他的笔下，生活永远是第一位的，是生活与特定环境的一面镜子，是特定境遇中生活与人生的真实记录。这种紧扣人的生存状态的写作姿态，带着明显的“新写实”小说关于生命存在的思考。现代人的复杂心绪，微妙的人际秩序，睿智而豁达的老者等等，穹宇的小说开掘的是一块“西海固”作家尚不太熟悉的城市之隅，这是他的“稚嫩”之处，也是他的“先锋”之处。

三

对四位作家匆匆巡视，无意比较，只想写出尽可能接近文本真实的感受，亦可见出早就有“彭阳三驾马车”（郭文斌语）之誉的韩聆、杨建虎、穹宇以及较少有人涉足且潜心写作的散文诗的王成峰的文学作品在西海固作家群中作为彭阳籍作家一翼的创作实绩。四位作家现实主义的文学精神，以独处西北一隅的乡村、城镇为叙述场景，对生存环境的关注和体察，以大地之情、血缘之情的吟唱，自觉建构诗意的精神家园，是他们的创作所体现出来的至高追求和最重要的文学精神指向。当然他们更多关注的是人与生存环境，人与乡村，人与土地关系的描写，而对有关人与自身，人与命运，人与都市等等命题的深切关注，尚需作家们有超越性的意识与胸怀。

（原载《六盘山》2003 年第三期）

东山文化光照下的追忆与反思

——彭阳文学发展述略

杨奉宇

《彭阳文学》创办概况

在对彭阳重点作家作品进行评析之前，我想对《彭阳文学》创办以来刊发作家作品情况进行归纳统计，从另一个层面为彭阳文学艺术的发展提供可供借鉴的资料。

《彭阳文学》创刊于2005年5月彭阳县文联成立之时，刊名初为《彭阳》，为文学季刊，小16K本，56页，重点设置了特别推荐、小说平台、散文天地、茹河诗页、校园文学、谈文说艺六个栏目，重点刊发彭阳籍作家最新创作的作品。《彭阳》是当时西海固首家也是唯一一家县级文学刊物。

《彭阳文学》发展至今，可分为两个阶段。

第一阶段，从2005年创刊到2009年底。这一阶段共编发14期，其中2005年至2006年，编发4期(总第1~4期)，先后由张俊孝、张立君任主编，贺诚、燕南访任副主编，韩聆、李向荣担任执行主编，具体负责文字编辑和版式设计等工作；2007年至2009年，编发《彭阳》10期(总第5~14期)，由李志坚担任主编，燕南访担任副主编，牛德生和吴彩霞担任执行主编。这一阶段，《彭阳》在"特别推荐"栏目推荐了王秀玲、杨廷武、马江驰三位作家；开设"三人行"，特别推出了有"彭阳三驾马车"(钟正平语)之称的韩聆、穹宇、杨建虎三位作家的散文、小说和诗歌作品。共计编发小说作品40篇、散文作品49

篇、诗歌作品 61 首(包括古诗词 22 首)、文学评论 11 篇、报告文学 2 篇、校园文学 56 篇。2005 年第 2 期在校园文学栏目对彭阳一中校刊《茹河浪》、彭阳二中校刊《黑眼睛》,彭阳职中校刊《春草》进行集中推介。2007 年第 1 期推出"王洼煤矿专刊",刊发小说、散文、诗歌、报告文学作品 23 篇(首)。2008 年第 2 期推出"宁夏·彭阳春潮笔会专刊",刊发小说、散文、诗歌作品 27 篇(首)。

这一阶段是彭阳文学打阵地、建队伍,逐步向规范化办刊迈进的重要阶段。

第二阶段,2010 年至今。这一阶段的突出成绩是对原《彭阳》文学季刊进行全面改版,将《彭阳》更名为《彭阳文学》,大 16K 本,96 页,在保持原有固定栏目的基础上,增加了曲艺舞台、民间故事、书香彭阳、特邀名家、QQ 心情、报告文学六个栏目。先后由李志坚、李世明、马文山担任主编,杜占山、张向军、文元担任副主编,刘天文担任执行主编,牛德生、韩聆、刘天文、杨奉宇、吴彩霞分别担任小说、散文、诗歌、文学评论和校园文学责任编辑。刊物继续坚持"有灵性、有特色、有品格"的办刊理念,以"繁荣县域文学艺术创作,培育文学艺术新人,关注大众情愿,烛照心灵世界"为办刊宗旨,努力提升彭阳文化品位,为广大文学艺术爱好者提供展示和发展平台。这一阶段从刊物的装帧设计、印刷质量和刊发稿件质量等方面都有了很大的进步,逐步走向正规化办刊的路子。

改版后的《彭阳文学》至 2012 年底共编发了 11 期,在"特邀名家"栏目选编了石舒清、陈继明、季栋梁、郭文斌、马金莲、塞壬 6 位作家的作品 7 篇;"特别推荐"栏目共推荐了韩聆、穹宇、杨建虎、王秀玲、庄农、马江驰、叶长青、刘天文、袁治中、杨风银 10 位作家的作品 50 多篇(首);"小说平台"栏目共编发了王秀玲、祁伟成、韩海霞、穹宇、老土、郝然、徐海燕、杨森、李永林、高丽君、姬莉红、张治乾、德生等 13 位作家的作品 23 篇,主要以彭阳籍作家王秀玲、韩海霞、祁伟成、穹宇的作品为主;"散文天地"栏目编发 48 位作家作品 68 篇，主要以彭阳籍作家韩聆、马江驰、何海燕、马君成、王付军的作品为主；“茹河诗页”栏目编发 26 位诗人近 200 首诗作，主要以杨建虎、袁治中、刘天文的诗作为主；“谈文说艺”栏目编发 12 位作家作品 17 篇，主要以杨奉宇、杨风银、马君成的文学评论为主。

除了小说、散文、诗歌、文学评论四大文体之外，《彭阳文学》还结合彭阳文学艺术事业的发展实际，开设了曲艺舞台、民间故事、书香彭阳、特邀名家、QQ 心情、报告文学六个栏目。其中曲艺舞台编发了林生库的作品《高职生还乡》；“民间故事”栏目刊发民间故事作品 18 篇；2011 年第 1 期，设立了“QQ 心情”栏目，共编发网络随笔 34 篇；从 2011 年第 2 期起，开设“报告文学”栏目，对我县民政、财政、党建、税务、水利、林业、工商等 12 个行业、部门的发展实绩进行了采访报道；2010 年，为了响应全县“书香彭阳”全民读书月活动的开展，开设了“书香彭阳”栏目，从优秀征文中编发了 6 篇作品。“校园文学”栏目一直是每期都要大力关注、推介的栏目，2010 年以来，发表校园作者的作品近 100 篇。

彭阳中青年作家创作述评

如果把彭阳中青年作家的创作放在宁夏文坛，或西海固文学的背景下进行比较，客观讲，彭阳文学还处在起步阶段，绝大多数创作者还没有真正进入创作势态。这时候，所谓的述评文字，就有点哗众取宠之嫌了。姑且这么认为，我还是从形而上的视角说点好话。

一、小说创作

谈彭阳的小说创作，第一个当属穹宇无疑。不仅因为他对《彭阳文学》的发展倾注了自己的心血，还因为他确实代表了彭阳小说创作的最高成就。我们阅读他十年前发表在《六盘山》《朔方》等刊物的作品《少女秦楠》《成人生活》《我是长得丑》《别敲了》等，曾给西海固文学乃至宁夏文学带来清新、明快的叙述风格。我们回过头来再阅读十年后穹宇发表在《彭阳文学》上的小说《不合时宜的夜晚》《翩翩少年》《蝴蝶》等篇目，“在看似朴实、轻淡的平铺直叙之中，却往往在不动声色之中营造了一种平静的惊奇，这惊奇里有伤感，有怀疑，有执着，有纠缠不清的悖论，有宁静至极的绚丽。”正如张富宝所言，“就宁夏青年作家群体的创作而言，如果说郭文斌是写意的、诗性的，那么穹宇则是一种‘工笔’手法，更为平实和日常化，他的小说中也没有石舒清那种精心营构的神性的维度，而更多的是一种迎面而来的质朴感和现实感。”穹宇的小说篇目虽然少了点，但他细腻平和的个性以及含蓄朴拙的美学趣味，就是彭阳文学的品牌。

和穹宇相比，王秀玲是《彭阳文学》最近几年着力栽培的女作家，也是发展成就最值得称道的作家，她勤奋、坚韧、担当的性格特点，感动并感染着我们。2010 年以来，王秀玲发表在《彭阳文学》上的小说有《山桃花儿开》《娶县里女子为妻》《两颗胡杨》《妯娌》《收狗的女人》，翻阅这五篇不算厚实的小说，你的心境会不自觉融入王秀玲给我们营造的熟悉的生活情境当中。读她的的小说，你会想起许多你身边的事儿来，有些事儿已经很遥远了，经她这么一写，你会联想出许多牵肠挂肚的情愫，生活的气息扑面而来，主人公的举手投足、一颦一笑，你都会在你身边的兄弟姐妹中找出一两个这样的真人真事，暖暖的，很亲切。特别《娶县里女子为妻》《妯娌》《收狗的女人》这三篇小说，那种彭阳东山特有的居家过日子的人物形象一直定格在你的脑海中，几个多月过去了，小说的语言、艺术形式等等纯文学的东西可能都忘了，但小说的主人公忘不了，小说给我们营造的那种生活的气息一直萦绕在你的脑际。这是我对王秀玲小说最多的记忆，也是我感动于她小说创作最引人注目的一点。正如穹宇所说：“关于村子和村里的事情，王秀玲是熟悉的，她笔下的人是鲜活的、诗意的、多情的，她对土地和亲人的爱恋，是淳朴和真心实意的。”

祁伟成写小说的时间已经有一段时间了，十年前我就读过他的好几个短篇，《丑女》《郭老二》《财贝》等，小小说、微型小说的风格非常明显，善于在很短的篇幅里设计跌宕起伏的情节，让人产生出其不意、险象环生的阅读

效应。这是祁伟成小说创作的优势和特长，但长期以来他的创作没有突破，回过头再阅读近期他发表在《彭阳文学》上的几篇小说《柳叶儿》《亲家》《今天是个好日子》等，在小说情节设置、小说主题再现等方面，和十年前没有多大变化，特别在小说人物塑造上缺乏有血有肉的细节，人物形象显得较单薄，甚至读完小说之后，主人公长什么模样，什么性格，都很难给读者留下深刻的影响。

老土的《萦绕在土炮口的陈年旧事》是一篇蕴含丰富、值得品咂的小说。小说用第一叙述视角讲述了彭阳东山某一个村落荒诞的、污垢的生存状态，小说的隐喻性特别强，具有对民族、民俗根性的反思和考量。对土生土长的彭阳东山人而言，这一段祖辈们的生活图景，既是他们和环境抗争的历史，比如小说多次描写到和狼的搏斗，也是他们和命运、和本性（兽性）抗争的历史，比如发生在寡妇王彩云身边的那些小儿科一般的阴谋诡计。小说不管从叙述方式，还是情节编排，都有点莫言的味道，那种四平八稳的第一叙事视角，以讲述我爷爷、我奶奶的故事的方式，不时会让你会心一笑，笑过之后又不得不思考人性许多内蕴的东西。整体而言，老土的这篇小说写得很卖力，小说的味道很浓厚，但欠点小说的谋篇布局和情景的营造，欠点对小说主人公形象和内蕴的再挖掘和再塑造。

韩海霞是最近两年凸显出来的小说作者，我没有阅读过她之前的作品，单从《彭阳文学》刊发的两篇小说《长在河里的庄稼》和《暖冬》来看，已经显现出作者驾驭故事和对生活细节中真、善、美的挖掘，以及对日常生活中的人性表达的能力了。特别在小说情境的营造上，能够准确地抓住读者的心里期许和情感趋向，这对一个初创作者而言，尤为难能可贵。《长在河里的庄稼》讲述了一个处在生活夹缝里的悲惨故事：三十多岁的来生，有了手艺、挣了钱、娶了媳妇、置了院落，属于他的幸福生活刚刚开始。可天有不测风云，长期毫无安全保障的生存环境猝不及防地打碎了属于他的一切。作为农民工的他，在花完了数十年辛辛苦苦的积蓄，借遍了债务，不得不直面死亡的时候,属于他的无助、无望、不舍与伤痛甚至比死亡更让他受熬煎。在他生命最后的一点时间里,对生的渴望,对亲人的无限眷恋,以及对生命无常的无奈与悲戚,促使我们不得不思考这些挣扎在生死线上的人生命运。文章结尾,当海棠提着镰刀,背了干粮和婆婆一前一后重新出现在村人眼前时,我们看到了活着的坚韧与希望。恰恰相反,在《暖冬》这篇小小说当中,作者给我们营造了一个安静、和谐、纯美的生活情境,田园牧歌一样的美好生活。儿子冬子对小羊羔壮壮亲如手足的呵护,是童真,更是发自人性本真的爱;而"大人"都没有用大人的理智去刻意改变孩子的愿望,而是选择了顺从,选择了顺从,本质上就是选择了和谐、恬静的幸福生活。

关于小说创作,我特别想提及的是姬莉红的《羊的骨,棋的髓》,朴实、简洁的语言风格,生动、鲜活的人物形象,特别着意于营造情境,具有油画般的色彩美。小说不是很长,只选取了二狗放羊生活中的几个片段,就把人傻心不傻的二狗形象凸显出来。我不知道姬莉红以前的创作,单从这篇小说而言,作者娴熟的语言表达,不温不火的叙述,对小说人物恰到好处的描述,都能感觉到创作者潜在的能力和水平。虽然这篇小说的叙述方式我们很熟悉,小说人物的个性我们也似曾相识,但它代表了一种创作努力,也彰显了写作者那种芝麻开花节节高的创作动力。

二、散文创作

有生活的地方不一定有小说,但有生活的地方肯定会有散文。人们有着散文一样的生活状态,散文一样的生活结构,和散文一样的生活质量,散淡、真切、朴实、性情。散文不同于小说,从本质上不同,小说可以把作者包掩起来让人物和情节来说话;散文则是通过独特个性的思想感受和艺术途径去和读者对话交流。散文洋溢着作家本人的深切感觉,表现出作者本人的个性,它需要一种品质,一种真诚,一种性情,当然也需要一种文化,一种大的文化。

彭阳的散文作品没有小说、诗歌的艺术成就高,但散文的创作比较活

跃，这可能与散文易写难工的文体特点有关。相反，在翻阅《彭阳文学》的过程中，看得最多、谈得最多的则是散文。这主要因为《彭阳文学》面对的受众，是关心彭阳发展，切身感受彭阳发展脉搏的彭阳人，他们能够从散文这个很大众化的体裁中，阅读出彭阳人的情感和心情来。近年来较勤奋和活跃的散文作家有韩聆、叶长青、马江驰、邓万钧、王付军、杨耀雄、何海燕、虎维鹏等人。

韩聆有深厚的学养，有对文学嵌入生命的爱恋，有对生活对艺术的独到的领悟。早在20世纪八九十年代，他的散文、小说创作已在西海固文学占有一席之地。他1999年出版的散文集《边缘情感》，那种“对土地乡村的亲近，对父母亲人的感念，对喧嚣都市的质疑和厌倦，对薄凉人世的拒绝和反抗……呈现给读者的是一个倔强、温情、忧郁、真性的韩聆”。(《文学的触须》第130页)再以后阅读他的散文集《简静与沉浸》和报告文学集《是太阳，不是调色板》，他对故土深厚而浓烈的情感，他倾力书写故乡的一山一水一草一木，把心血和满腔的爱抒写在痴爱的山地上。不仅如此，他散文作品还呈现出深刻而丰厚的文化意蕴和文化品质，对生命成长的反思等等，“始终散发着醇厚温热的大地和青草的气息，永远闪烁着理想的光辉，永远在幽微中寻找着失散已久的情绪”(《文学的触须》第130页)。韩聆散文的语言沉稳大气、老到、实在，与他的散文品质又相辅相承，可谓西海固乃至宁夏一道文学景观。

韩聆之外，马江驰、邓万钧、王付军、杨万忠等几位中年创作者，其散文作品凸显出对历史、对生活、对亲情的反思和怀恋，有点人到中年的况味。他们把自己几十年的人生体验浸融在自己的文字中，成熟的思想轨迹，不事雕饰的语言，平铺直叙的故事本身，都会给年老的或年轻的读者带来些许感慨和共鸣。比如马江驰亲情系列散文《厚土》《心碎的谎言》《蜜蜂》等，那种把自己的生命融化进去地写作情感，使读者不得不和他一道去感受和体验父母那些含辛茹苦的日子。还有他对家乡的血缘亲情和母性依恋，已经融入了他的血脉和骨髓，转化为一种无意识，一种世界观乃至一种思维方式。再比如王付军《圆明园情思》《远去的故乡夯歌》《峁家堡子》等几篇散文，就充满了作者强烈的主观精神和赋予了个性的文化意味的审视，在他的笔下“故乡的夯歌”已幻化成一个遥远的梦，是苦涩，也是富足，最古老的传唱成了非物质文化遗产中最亮丽的风景。

三、诗歌创作

对于《彭阳文学》，可能大家阅读最少的是诗歌作品，但诗歌却是彭阳文学真正能说得出、拿得出的文学作品。曲高必然和寡，何况在这样一个浮泛躁动的年代，诗歌的声音清贫得只有一丝一缕，但一丝一缕也柔韧得不绝如缕，如歌如哭如吟如鸣，缠绕在我们凡俗的生活中，响彻在我们的精神殿堂里。在彭阳诗歌创作群体中，能拿出来放在西海固诗坛比量的就有好几位，杨建虎、权锦虎、刘天文、袁治中、马君成、姬秀金、杨爽等。

说到彭阳的诗歌创作，首先应谈到诗人杨建虎，他是彭阳籍作家诗歌创作中最优秀的诗作者之一，在西海固文学乃至整个宁夏，他“接近诗歌，远离诗坛”的创作姿态奠定了他独具一格的诗歌品位。关于他的诗歌，我断断续续读了将近四年，至目前，他书赠给我的诗集《闪电中的花园》还搁在我的床头，在他恬然、沉静的意象背后，远离世俗，远离纷争，感伤着我们都市化的心灵。

和杨建虎相比，权锦虎是一位已经淡出彭阳文学圈的优秀诗人，但他的诗作依然高亢。诗作《西海固（组诗）》，凝重大气，深厚峻朗，富于阳刚的力度，以及诗作者丰富的联想和优美的意象，一如权锦虎练达沉稳的性情一样。诗作对西海固山、水、人情的呼唤与赞美，既是一位游子的心灵期盼，更是他融入故土的纯净与虔诚。20年前，权锦虎以其大气的诗风在西海固叫响一时；20年后，《西海固（组诗）》不无悬念的奠定了作者不驯与不羁的诗歌高地。

杨爽最近几年很少诗歌创作，阅读他十年前的诗稿，孤独与寂寞中的无

奈和清贫，飘逸着淡淡愁绪。《宁静的走向》是一篇很不错的诗作，作者以清新的笔调，将校园、教师写得恬淡而宁静。还有几首对农村生活场景的描述，尤其显得细腻而精巧。比如写碾场："路很短/却走得很长，臃肿的碌碡/没有人再说他很肥/那踩在岁月之上的汉子/嘴里的花儿被碾得辽远/炸响的鞭儿/把日子赶得滚圆"（《碾场》），清新自然的笔触，将隐藏在表象中的生命力表现出来，农民那种乐观、坚韧的生存状态以及生命本色所具有的朴实得到了展现。

最后谈谈刘天文的诗歌创作。刘天文底层视角和关照弱者的情感向度奠定了他在宁夏、在西海固身居基层，简洁、明快的诗歌品位。翻检他诗歌的意象，不管是作为物的布鞋、小房子、教学大楼、秦长城、苜蓿花等，还是作为动物的羊、蝴蝶、小灰兔、大黑牛等，以及作为人的老黄、海子、庄子、李清照、农民工等，差不多都带有丝丝的悲悯和淡淡的忧伤，或许这就是诗作者的价值向度和情感趋向：对处于底层民众的敬仰与赞美，如老黄、农民工；对命运坎坷者的同情与怜惜，如海子、李清照；对留存在记忆深处那些淡忘了的小动物、小场景的心灵关怀，如大白狗、花母鸡、大懒猫、杀羊等。他把这些悲悯的记忆通过自己的心灵发现，表达出平常的但具有真理性的体验，或许，这就是刘天文诗作耐人品味的重要原因之一。另外，刘天文诗歌在美学意义上，把一些小的、弱的、悲悯的物象，在他温暖的、唯美的、和谐的生命烛照中提炼出美好的、值得传颂的东西。即便在苦难中，他也能发现其中蕴含的生命动力，比如《怀念一颗糖》《小房子》；即便在疲惫时，他也能找到活着的期待与喜悦，比如《洗手的民工》《布鞋》。诗作在力图表现灰暗背景下美的一面、善的一面、崇高的一面。唯其如此，刘天文在其简洁、平实的诗语背后，彰显出他着力抒写人性之美、人情之美的孜孜追求。

另外，在文学评论创作队伍中，有已在全国知名的影像批评家海杰，也有在全区有一定创作实绩和影响的评论家张嵩、虎维尧、祁国宏、徐安辉等，还有近几年凸显出来的评论创作者张富宝、杨森、杨奉宇、杨风银、马君成等。他们的创作或对中国古典文学进行研究品评，或对中国现当代文学进行分析赏析，或对西海固文学、彭阳文学进行分析批评，其中不乏精品力作，在全区已具有一定的学术价值和影响力。我们在这里衷心期盼，各位评论家能多关心家乡彭阳，关注彭阳文学，为彭阳文艺发展提供更多的智力支持。

整体而言，彭阳文学在发展过程中呈现出以下几个特点。一是创作者队伍逐渐壮大。20 世纪就已成名的张嵩、瓮志明、韩聆、杨建虎、穹宇、权锦虎、王成峰、虎维尧、徐安辉等作家为主，又涌现出海杰、张富宝、王秀玲、马江驰、刘天文、袁治中、杨森、杨奉宇、苏炳鹏、韩海霞、何海燕、杨风银、马君成、王付军、吴彩霞、姬莉红、杨万忠、张治乾等 30 多位创作者活跃在彭阳文学圈，给彭阳文学发展注入了活力。二是在区内外发表转载作品的数量逐年增加。近几年，张嵩、韩聆、杨建虎、穹宇、刘天文、王秀玲、袁治中、马江驰、张治乾、杨森、张富宝、海杰等人的作品分别在《人民文学》《小说选刊》《诗刊》《十月》《青年文学》《朔方》《散文百家》《扬子江诗刊》等国家级、省级刊物发表或转载。从数量上看，问鼎国家级刊物和省级刊物的作品有 100 多篇(首)，相比上个世纪，有了很大的进步。三是作品的艺术水准逐步提高。创作者能有意识地超越自我生活的原初体验，走出地域带给自己思想、生活上的局限，关照自然、人性等一系列人类共性的东西，也能超脱“惯常式”生活，发掘和揭示一些人性的本真与美好品质，特别对彭阳建县 30 年来经济社会发展所取得的辉煌成就的抒写和赞美，提升了彭阳的知名度和影响力。

散淡而温暖的写作

——韩聆散文集《简静与沉浸》序

钟正平

韩聆是在简静里沉浸的人，为人谦和而逊怯，为文散淡而温暖。给他写文字是因为这个在静默中歌吟诗意家园的老朋友长期以来对我的信任和期许。虽然和韩聆做了这么多年的朋友，虽然一直不停地被他那些充满着无边诗意而忧戚的文字所感染着，但确也心存着一份怯意，唯恐自己的文字遮蔽了韩聆的文才，就权当我对韩聆和韩聆式的写作表现的一份敬意吧。

韩聆的人生道路曲曲折折。或许正是这种曲折的人生经历造就了韩聆，造就了他忧郁的气质和内敛的才华。从1980年开始文学创作，二十多年来韩聆一直固执地坚持着自己的写作追求，抗拒着物质欲望对人的精神和灵魂的冲击，抗拒着四处弥散的焦灼粗俗气息，始终坚守着自己的精神家园，坚守着自我心灵的纯净，用他自己的话说就是“于荒冥中营建一样东西”，我想这“荒冥”就是一片无边的清洁和寂静，而韩聆正是在这清洁与寂静中抒写着自己博爱和悲悯的情怀，享受着生命中的那份散淡和温暖。

散文是一种最为自由的文体，它要求创作的主体要尽可能地摆脱来自物质世界和精神世界各种现象的纠葛和缠绕，拨开纷繁世事而沉入内心一隅，然而事实情况正如卢梭所说，人生为自由而又无时不在束缚之中，这就往往使得散文的写作者处在一种两难的尴尬境地，纯粹的、个人的写作成了一种奢侈的行为。在这种情况下能够写出真诚、自由、散淡的文章，则这个写作者必须是一个散淡的人，真诚的人，他的心中必须要有一种坚守。然而这却不是轻而易举的事情，在现在的时代没有几个人能够固守“富贵于我如浮云”的态度，在物质欲望和权利面前我行我素泰然处之。所以现在充斥在我们视野里的大多都是阿谀谄媚、无病呻吟之作。

然而我们还是有幸能在20世纪的尾巴上依稀看见了几个单薄而奇崛的影子，比如过早地离开了人世的苇岸、王小波，比如被林贤治称作“(20世纪)90年代最后一位散文家”的刘亮程，比如以笔为旗快意复仇的张承志。苇岸像一个永远坚守在岸边的苇丛，水样柔润的文字恪守着内心静谧的湖，散漫而整饬；王小波则是智慧的、西方的，以平民的品格和对个体生命的尊重表达着对“媚雅”和“媚俗”的抗拒以及对科学和理性的热爱；刘亮程是一个散淡的人，他所有的哲学来自于人畜共居的村庄和丰饶贫苦的故土，闲散在他就是一种坚守，坚守的就是人类最后那片被工业和城市紧紧围困的忧伤而干净的土地；张承志是敏感、激越、偏执、自傲、神秘而辽阔的，以清洁的精神在荒芜的英雄路上寻找着思想最后的棱角。这几个人被我当作喧嚣混沌迷茫的20世纪的尾巴上唯一清澈的声音，唯一瑰丽的颜色，我常常在深夜难以入眠的时候遥想他们，遥想着那些从逼仄的缝隙中遗漏下来的清澈而珍贵的水滴，和因那些水滴润泽而成的人类不可或缺的食粮。

而韩聆，我最终还是要谈到韩聆。我从苇岸、王小波、刘亮程、张承志们遥远如岸的身影中想到仄身低洼处的我们身边的韩聆。我想知道，除了他们，除了那些响亮的名字之外还有谁像他们那样在无人知晓的地方清守着诗意、信仰等等古典、传统的人文价值，还有谁在我们心灵干枯的时候让我们感觉到湿润，还有谁在寂静中守望着无边的旷远……这就是韩聆。

早前集中阅读韩聆，始自于那本弥漫着感伤和诗情的《边缘情感》。对土地乡村的亲近，对父母亲人的感念，对喧嚣都市的质疑和厌倦，对凉薄人世的拒绝和反抗……呈现给读者的是一个倔强、温情、忧郁、真性的韩聆。之后，他以他的知性和心性又凝成了《简静与沉浸》，它更具情感张力、文化指向和精神亮度，它是沉思的，是凝重丰赡的；它又是疏朗的，是包容的。收在这本书里的32篇长长短短的篇章共分为三辑。在我看来，“近岸的远方”是透过空间的反差交错寻找并体味爱和温暖；“追想的幸福”是对情绪、经验和思想的审美叙述；而“时间草稿”则是生命历史的延伸和弥漫。不论是《红茜草》唯美感伤的西海固情怀，还是《洁净而自尊地活着》对人的尊严和清洁精神的护守，还是《相伴爱弥尔》对生命成长的反思，以及《秋伤》里的哲理与思辨等等，这些都是散淡自由的处方，是坚韧的治愈的力量。通过从审美对象到审美形式的转换，挣脱弥漫着扭曲和粉饰的现实世界，让一切都从隐逸放达、健康质朴的心灵深处浮现出来，呈于我们面前。在这里，韩聆以他既现代又古典的情怀，既干净简约又富于美质的语言，试图搭建起与这个世界核心价值系统的对接和融汇。我想这不但是献于读者的，而且也是献于他足下温热的土地和身后涓细的河流的，是献于一种韩聆式的写作信念的。

性格就是命运，命运铸造风格。几十年来韩聆始终没有离开他的土地半步，所以他的散文，始终散发着醇厚温热的大地和青草的气息，永远闪烁着理想的光辉，永远在幽微中寻找着失散已久的情绪。

林林总总地说了这些话，算是我对于性情写作者的一种心灵的默契。

（原载《彭阳文学》2010年第1期、《文学的触须》宁夏人民出版社2012年版）

心灵与大地之间的唯美抒情

——浅论杨建虎诗歌创作

李生滨　田　鑫

宁夏是当代文学的一片热土，在张贤亮之后，宁夏本土作家诗人以极大的热情和优秀的创作成绩丰富着宁夏文学的原野。一批出生于20世纪六七十年代的青年诗人们，在继承前辈诗人的优良传统的同时，也积极地参与到自觉开发和提高创作意识的队伍中，从而使宁夏诗歌创作日益显示出其优秀的特质。青年诗人杨建虎就是其中的一位，他从1990年代在校园里开始诗歌创作以来，已经在《人民文学》《诗刊》《诗选刊》《星星》《绿风》《十月》《青年文学》等杂志发表百余首诗歌，而他的第一本个人诗集《闪电中的花园》近日也由宁夏人民出版社出版。杨建虎诗集的出版是他个人从事诗歌写作十余年来的一次总结，也是宁夏诗歌的一个重要收获。诗集《闪电中的花园》分“喧响和静默的叶子”“闪电中的花园”“大地上的秋天”“向西的道路”“永远的乡村”五辑，通读后我们发现，杨建虎是一个为诗歌而诗歌的诗人，其诗歌风格清新，笔法简约，以诗意的眼光观照故乡，散发着浓烈的知识分子气息。本文欲从以下几个方面对杨建虎诗歌进行一个细致的阅读和可能的延伸。

一、知识分子情调的诗意书写

大家知道，杨建虎是从宁夏南部山区来到城市，然后又长期在市级文化部门从事文学编辑工作的。编辑这一职业按传统的划分来说应该算是典型的知识分子了，所以受其文化工作者生活状态影响，我们发现他的诗歌所

表现的，从主体而言，也是标准的知识分子情感体验。

他的这种情感体验是建立在对故乡和昔日的情感生活深刻怀念的基础之上，因此他的诗歌中很少有抽象的表达，读之，总是能够让人在温馨的氛围中想起自己的家乡、父老乡亲和遗失的往事。

从躯体中抽出一个秘密
这样的夜晚，我必须借助星光的力量
不断靠近梦的角落，靠近
幻象、呓语和那些熟悉的声音

这样的夜晚，我爱上寂静的走廊、花园
以及那些渐渐闪出火花的词语
微风爱抚这夜晚的一切
远去的少女，在月光下游弋，轻声低唱
似乎什么都很庄重
唯有我，被夜晚的风深深遗忘

仿佛是一些高贵的情绪弥漫而来
岁月有痕，夜晚，我与过去的时光相遇
院子里的刺槐，在沉默与悲伤之间
保持着固有的姿态
而我，正在陷入回忆
正一步一步
在美丽的陷阱里独自虚空

（《怀旧之夜》）

这是一个以怀旧命名的夜晚，一个栖居别人城市的诗人借助“星光的力量”开始“靠近梦的角落”，靠近“幻象、呓语和那些熟悉的声音”，这样的夜晚里，微风拂面，他“爱上寂静的走廊、花园/以及那些渐渐闪出火花的词语”；这样的夜晚里，远去的少女会在月光下游弋，而“我”却被风深深地遗忘，当“一些高贵的情绪弥漫而来”的时候，诗人与过去的时光相遇，在沉默与悲伤之间他在美丽的陷阱里独自虚空。而这个陷阱也将我们深深陷入其中，迫使我们不得不跟着诗人的节奏去回忆，不得不回到那些已经被风吹远了的诗人的（或者可以说咱们自己的）往事中去。这时候，我们感知到的是一个从少年到中年的诗人内心对过往生活的怀旧情怀，这种怀旧情怀既不是要为中国当下知识分子书写心灵史，也不是为那些渐渐逝去的旧物和情感树碑立传，他只是在内心深处有情要抒发，有话想倾诉。但是作为一个居住在别人城市的新时代诗人，他无法以传统的言情言志方式表达自己对过往的牵绊，他的语言也无法穿透厚厚的水泥墙穿越到邻居、朋友、亲人那里，于是他就以想象及心灵对话的方式说给自己听。这个意义上说，“他的诗歌首先是写给自己的”（林莽）。在连诗歌都莫名其妙地浮躁起来的现实生活中，只有为自己写作的诗人，才可能拥有自然、亲切的表达，他的诗歌才可能厚实与凝重。

从20世纪90年代后期开始，中年的杨建虎在外国现代主义思潮的影响下，有意识地从中国古典诗词中汲取营养，开始向着与其沉静、向内的品性相统一的风格发展。这一时期，他的诗歌开始将目光转向西海固大地上的风物人情，甚至花花草草风风雨雨之上，他开始在怀念每一朵花每一次风开始，怀念故乡。读他这一时期的诗歌作品，给我们一个强烈的感受就是，他对自己以及同时代的诗歌写作保持一种清醒的反思和认知，他的诗歌开始有了清晰的杨氏风骨，而并不是流于当时流行的泛底层写作和泛乡土写作的泥淖之中。虽然由于出生背景、生活境遇等关系，杨建虎书写的题材也会涉及其他题材，但是他的表达始终持续地保持着知识分子的特有方式，是诗意的、真挚的。当我们一味地说其诗具有诗意的时候，我们发现，因为离开故乡栖居城市的尴尬境遇，诗人的生活中除了诗意的部分，很大程度上，迷惘或者说困惑也是他的一个主题。

在这座小城的夏天
我无奈地活着
四面的啤酒屋仿佛欲望的花朵
向我的居所包围过来
此时，我才发现我遗忘了许多

像乡村清晨的鸟鸣
那脆生生的声音
曾激发我的灵感
像一串清澈的脚步
带着风带着雨
从我的梦中响起

而夏天的啤酒屋
满塞着浮躁的气息
弥漫着这个时代特有的喧响

这时候，我还是更加怀念
过去时代的乡村和房屋
阳光灿烂的正午
我凭窗而望
想着何时回家

（《夏天的啤酒屋》）

这首诗中，我们可以略见：在渐暗的后工业的背景中，青年诗人时时以不同的身份走在异乡和故乡的路上，虽然他们不断地往返在喂养过和正在喂养自己的大地上，但是不能回避的是，曾经的出生地和精神的故乡正在远去，而自己生活的都市的热闹却又和自己无关。这样，对于杨建虎这样的从山村走出来的知识分子诗人，“还是更加怀念/过去时代的乡村和房屋”于是在一个又一个阳光灿烂的正午，诗人“凭窗而望/想着何时回家”，但是作为一个在生活中充当着外省者和异乡人，而能够让他们的灵魂得到慰藉的就只有诗歌了。

二、以悲悯的眼光去观照故乡

杨建虎诗歌中的故乡彭阳以及围绕彭阳所展开的一系列乡村叙事，都具有一定的叙述化和抒情化特征，他的一些书写乡村，或者借城市回望乡村的诗歌，大多具有诗意的性质和隐喻的特质。随着全国城乡建设的不断推进，西海固农村原有的面貌已经在逐渐消失，现在的村庄，已经几乎没有前农业时代的纯朴、善良和诗意等可以被诗歌书写的品质，在商品经济持续冲击下的影响下，西海固的农业文化面临着前所未有的严峻挑战。就这个意义而言，杨建虎的诗歌不厌其烦地保持着对乡村的诗意书写，是对渐逝的美好事物的一种挽留，也是真正地守望在生活和生存的平面以下的。诗歌“这种虚构的历史作用就是，在自然事物所不能满足人的方面，可以给人们的心灵一些满足的幻影。因为物质世界总是不如心灵广阔。为着人的精神的需要，就须有一种比自然事物所具有的更宏伟的伟大、更严格的善和更完美的丰富变化”[①]。在其不断的叙述和抒情的过程中，他的乡村诗歌呈现出的是一个时代村庄永恒的但是已经变形了的诗意，是以悲悯的眼光对乡村和逝去的旧物事的回望。诗人的最终目的是要通过这些观照和回望回到最初的村庄，回到本真的自我本身：“我的心崇敬地皈依村庄/永不迷失的野草花/遍布山野的个个角落/所有爱的渴望/在母亲的深深呼唤里/找到归宿”（《诗的村庄》节选）。在这首诗里，诗人眼里的村庄就是宗教、思想，就是一切的源起和终结。诗人的尴尬在于，现实中的村庄在别人的城市只能是一个意识中的表象,只能是一个无数次回想却没办法一次真正抵达的地方。诗歌中的村庄在城市面前,在生活面前,已经不再是用山水田园似的牧歌歌颂的对象,而是一个时代所谓繁盛的牺牲品。诗人从哪里走出来,却没办法真正意义上回去,或者说即便是身体回去了,村庄衰落的现实却一次又一次地让他们陷入窘境,于是,纸上那座诗意的村庄成为诗人开掘真正的村庄曾有的诗意的一个入口。在诗人敏锐、深邃的掘进中,对村庄的悲悯和回望被转化成为整个70后中离开村庄的一代人特有的对乡村的态度——尴尬、疼痛、怀念。从乡村而城市的70后一代诗人,在乡村和城市面前,已经无法成为单纯的乡土主义者,更没有机会彻底地成为沉溺的城市市侩,它们不断地在乡村和城市的左右夹击下接受到来自生活来自思想来自诗歌牵引的挤迫。所以,杨建虎的城市是灰色调的,其发出的声调是与城市的喧哗相反的，他更愿意选择做一个清醒而沉痛的乡村言说者。于是他的大量以村庄(包括故乡的风物人情)背景的诗歌在城市的水泥楼房里产生了,经过一系列的思考和探索,杨建虎的诗歌虽然还不“具有的更宏伟的伟大、更严格的善和更完美的丰富变化”,但是在意义上具备了比之其他年轻诗人更为敏锐、更为深邃的乡村诗歌写作意识,他的乡村诗中,城市心态和乡村诗意的介入与冲撞或许没有那么激烈,甚至有时候他会将城市的喧嚣消解在村庄的诗意里,但是杨建虎的任务,甚至整个70后一代人的任务不是单纯地为渐渐逝去的乡村诗意写下最后的“挽歌”,但是,这一代人生存和诗歌写作的起点正是乡村,而他们对城市的态度不能不带有本能的乡土视野。当城市的喧嚣和无奈不断地无情而不可阻挡地侵蚀着诗人的思想的时候,当灰色调的时光在诗人的意识里留下沉重的印痕的时候,往日的乡土记忆就会以适当的强度开始扩散、延伸:

一些时候,我多想听听家乡牛的喘息

在流浪的心中
早已印下静穆的故园的影子

一部黄土的家谱里
我寻找所有亲切的物象
让他们来抚慰永远的伤痕

而乡愁，时时处处如鞭一样
抽打我漂泊的魂梦
使飞累的翅膀无处歇息

故乡啊，让那些阳光不断流动
在一切思念的方式中
我的花朵团团升起

（《故土与乡愁》）

这种貌似直接的表述方式其实隐含着深深的刺痛，一个离开村庄的诗人回不到村庄，也无法倾吐自己对村庄的深情，他只能在纸上回望，以诗歌的方式在城市和乡村之间游走。可以说杨建虎乡村诗歌的灵感主要来源于对城市的体验，因为在那里有无数关系相互交叉地集结在一起（波德莱尔语），而他在纷繁的关系中捋顺了自己的诗脉——站在城市观照和回望乡村。所以，杨建虎在城市视野下完成的对乡村的抒写是值得肯定和期待的。

三、秋天、村庄、雪以及其他

在阅读诗集《闪电中的花园》的过程中，我们发现，杨建虎的诗歌的意象中，出现次数最频繁的分别是村庄、秋天、风、雨水、雪和河流，之于诗歌而言，村庄、秋天、风、雨水、雪、河流和诗歌本身都应该是杨建虎作为诗人的灵

魂的归依之处和大地的诗意外化。读他的诗歌我们发现，纷繁的现实生活中，诗人的思绪时而游走于乡村的原野，“……大地在我的想象之外延伸/秋野茫茫，时间的锯齿上/是衰鸟离散的声音/我想这一生最大的节俭应该是时间……”(《走在深秋的原野》)；时而沉浸在《晚秋的来信》中“……那是冷却的诗/在秋风覆盖的写诗的夜晚/我多么愿意守住/永恒的秘密”(《晚秋的来信》)；时而漫步于《一条河的对岸》，“秋天密集的风已经袭来/大地，在尘封的书卷里衰败/秋天的县城疲惫不堪/我独自在县城的一间房子里/怀念故乡的河流”；时而“从一滴水开始亲近春天”。这是一种诗歌态度，更是一种生活态度，一个可以随时随地抒发自己感受的人是被缪斯所宠幸的人，是幸福的。在这些就单一的意象进行书写的诗歌里，我们既看到了杨建虎平静的一面，同时也看到了他忧伤的另一面。如果说他的平静来自于他静心经营的空中花园里的花花草草所散发出来的盎然的诗意，来自于打开窗子看到秋天的欣喜，来自于和妻儿在风中踢足球的幸福，来自于在山坡上看着一片叶子落下的淡然，来自于在故乡的河流边漫步的悠闲的话，那么他的忧伤则来自于对遗失的美好的眷恋，对爱、对亲情、对友情无法全身心给予的自责。雪作为一个浪漫的诗歌意象，被诗人无数次地书写，从“千树万树梨花开”的绚烂到“燕山好大雪”的宏大，雪花一路从唐朝或者更远的地方走进现代诗，走进杨建虎的抒情中，他写道，“这是初冬时节的雪/将大地照亮，把许多模糊的记忆/从灵魂深处唤醒”。这场初冬时节的雪，相信在许多人心里都下起过，但是在诗人眼里这场雪已经不是纷纷扬扬的白了，它是自我的，唤醒灵魂的片段，它让“我在这个上午的飘荡中/静静倾听这个季节特殊的心跳”。风也是雪一样地飘在杨建虎诗歌中的一个重要意象，他的诗集中有十三首诗歌直接以“雪”命名，而以“风”命名的更是多达十五首，可见他对雪和风青睐有加。杨建虎的风应该是从“一树桃花”的盛开开始的，“一树桃花，在风中，寂静地开放/看着看着，我禁不住流泪了//在春天的风中，桃花/保持着永远的缄默”；它们为诗人“点亮了一盏灯”，“一切都将重演/包括昔日的爱情”(《一树桃花开在风里》),它一直吹着,《风声掠过窗户》《与一股轻风相握》,在诗人笔下,《故乡的方向在风里》,与妻儿踢球的幸福是在风里,春天的苹果树在风里,夜晚在风里,诗歌在风里。风成为了一切,但是最终一切又将会成为风。在西海固,最少的就是河流和雨水,但是没有少到小说里说的那样,所以诗人们就有机会对着河流和雨水抒情。杨建虎亦如是。他的诗歌中,以河流和雨水命名或者为背景的诗歌,大多是写给西海固大地的,他诗歌中的雨不同于具有浪漫气息的雪,这是些和西海固人民一样的生活在西海固的精灵,它们是生命的起源,是生活的必需品,所以它们一进入杨建虎的诗歌中就具有了象征的意义,“秋雨落着/发出阵阵叹息/我走在一条泥泞的街上/寻找声音和事物的影子”。不同于梁小斌的《祖国我的钥匙丢了》的呼喊,杨建虎的诗歌《秋雨落着》是在秋雨中“寻找声音和事物的影子”,以及“仍然隐藏在黑夜背后的巨大秘密”的,对于丢失的旧事物,一个是呐喊,一个是寻找,其二者在立意上有一定的相似性,但是意义截然不同。鸟作为一个飞翔的象征物,出现在杨建虎诗歌的时候,是以其自身为隐喻对象的,“人们一向认为诗具有某种‘神机’,就是因为它能使某种事物景象服从于人的愿望,从而高扬和激励人的心灵。至于理性,则不过屈仰人心,以迁就事物的自然本性。”[②]在杨建虎的诗歌里,鸟就是自我,就是一个被困囿现实生活的烦扰之中的诗人,而诗人一次又一次地写到鸟,是因为在现实生活中他得不到的诗意生活要试图通过一只飞翔在诗歌里的鸟去实现,这个时候,鸟的自由就是诗人的自由。综上所述,杨建虎的诗歌在意象上有着自己的烙印,它们是领略诗人“高扬和激励人的心灵”的入口。

四、“向西的道路”及可能的方向

在诗集《闪电中的花园》中,有一部分诗歌是以广阔的大西北为背景的,从诗歌题目看,合作、拉卜楞、郎木寺、玛曲、阿尼玛卿山、尕海湖这些西部特有的地理名称,在甘肃诗人那里,它们具有跳跃的、神秘的神性力量,是一些永远写不完的诗意所在。杨建虎从西海固出发,一路向西,过黄河,走雪山,

在我们的期待视野里，遍走西部之后的杨建虎在诗歌写法上应该会有些与之前异样的地方，可是在他眼里具有跳跃的、神秘的神性力量的所在诗歌地理是甘肃诗人的，他还是坚持从山顶吹过的风写起，从一株小草的愿望写起，从拉卜楞寺散落的光影写起，他持续地保持着冷静、低沉的吟唱方式，给具有跳跃的、神秘的神性力量涂上了另一种色彩。如果一个诗人看到山就想一下子写出山的宏大，遇到水就想一下子写出水的浩渺，这是有难度的，在别人的山水之间用别人习惯的方式书写也必定会失败，但是聪明的杨建虎没有在西部的山山水水间写"十万雪落在玛曲"这样的句子，他用自己的方式写"这样的雪天，在玛曲/我凭窗而望/听着时间静下来的声音/忽然感到自己身体内部/也在降落一场大雪"（《玛曲六月的雪》），同样是写雪，豪放派的雪是漫天飞舞的，而婉约诗人的雪是静静地下在心灵深处，下在大地上，下在诗歌里的。杨建虎"向西的道路"应该说是他诗歌地理的一种视野外移，一个诗人能写好"邮票大的一块地方"其实是不容易的，但是在现在这个信息时代，要想写好自己的"邮票大的地方"还需要不断地输入一些更为宽阔的视角。杨建虎的游走是有意义的。

在笔者的理解中，他"向西的道路"除了向西北出发的意思之外，应该还有一种可能的解释。杨建虎从泰戈尔开始，后面又研读了歌德、惠特曼、聂鲁达、里尔克、帕斯还有俄罗斯"白银时代"的诗人们（林莽语），也就是说他的诗歌更多的是受了西方诗歌的影响：

仿佛早已存在，在时间的链条上
我独自在一条街上
触摸灯的光芒

幸福的时光渐渐远去
相同的夜晚

你我各自倾听沉默的叙述

哦，黑夜里的想象正在展开翅膀
一条虚构的街上
布满众多黑色的传说

（《在虚构的街上》）

这应该是和杨建虎的其他诗歌有所不同的一首诗歌，无论表达方式还是诗歌意境方面，都具有一种现代派的感觉。在杨建虎那里“黑夜里的想象正在展开翅膀”，我们是这些想象的受益者，在一条又一条“虚构的街上”，“听他说布满众多黑色的传说”。读完这首诗，我突然想到，这是不是杨建虎给我们的一个启示：诗歌写作中，有效的阅读和拓展是非常必要的。对一个具有知识分子特质的诗人来说，传统的或者说中国式的表述方式已经无法完全为他提供一个完美表达的方式和途径了，而西方的优秀的表述方式介入以后他的诗歌似乎可以为其提供一种可能。让我们期待吧。

五、结语

在这个日益物质化、世俗化的社会中，西海固诗人杨建虎，始终恪守着自己内心的一份诗意和寂寞，他正在以诗歌的方式，为宁夏文学提供着一座“闪电中的花园”，也为大西北诗歌苑地捧出属于他自己的一缕芬芳。

（原载《彭阳文学》2010 年第 4 期）

注释：

①②章启群：《西方古典诗学与美学》，安徽教育出版社 2004 年版，第 255 页、31 页。

“周围与身边”的温情与隐痛

——穹宇小说简论

张富宝

大约是十年前吧，在一些报纸刊物上我还曾经读过穹宇的少量作品；十年之后的今天，我早已放弃“写作”，更是远离了宁夏文学创作的“现场”，而穹宇却一直默默坚持了下来，并且以他自己独有的方式结出了西海固文学的硕果。今年年初，因为一个偶然的机缘，我在网上闯入了穹宇的新浪博客，对他的阅读，正是从这里开始。直到今天，我与穹宇不识素面，但却文心相通，就他的作品，我们还曾在博客里做过一些简单的讨论。大约是在“五一”前后，我收到穹宇的网上留言，希望我能为他即将推出小说集写点评论，我欣然应允。

在视觉文化和消费文化肆虐冲击的今天，中国当代文学的处境不容乐观，从某种层面上来说，对新奇的写作形式的片面追逐，对欲望、身体与暴力的过度张扬，对外国作家的生吞活剥，以及对商业资本的屈膝顺从，使中国当代文学变得越来越轻浮和虚伪，变得越来越功利和媚俗，变得越来越肿胀和贫血，甚至我们无法从中获得一种震撼心魂的阅读快乐。在这种情形之下，处在西部边远地区的宁夏文学的“异军突起”，有如“天籁之音”，带给了我们一种“原生态般”的冲击与惊喜。正如著名文学评论家贺绍俊在《宁夏的意义》一文里所说：“宁夏的文学相当精准地表达出建立在前现代社会基础上的人类积累的精神价值，它是由伦理道德、信仰、理想、人与自然之间的生态关系、人与人之间的情感交流等构成的。这些往大了说，是中国现代化建设不可缺少的精神资源，往文学方面说，则是提升和丰富了当下文学的精神内涵。”[①]由此，宁夏文学为当代中国文学的发展注入了一种新鲜的血液，增添了一种新的元素，贡献了一种新的可能性。

事实上，在很长一段时间里，我对宁夏文学曾抱有一些误解和偏见，甚至有不屑之意。然而，在我逐渐细读了石舒清、郭文斌、陈继明、杨森君、金瓯、张学东、穹宇等作家的大部分作品之后，我为自己曾经的鲁莽和草率而感到汗颜。客观地说，今天的宁夏文学已今非昔比，一方面，它的多方面的可能性和已经达到的高度让人刮目相看；另一方面，宁夏文学正在形成一个极具特色、实力不凡的青年创作群体，它的勃勃生机和全新气象引人注目，已经成为中国当代文学版图上不可或缺的重要组成部分。毋庸置疑，在宁夏青年作家群中，穹宇是一个有自己风格的作家。遗憾的是，直到今天，他的作品还没有引起外界的广泛的关注。但我相信，穹宇将会以他的作品说明一切。

俗话说“文如其人”。这些天一直沉浸在穹宇的作品中，让我充分感受到了文字的幸福和快乐。我坚信，穹宇的人正如同其文字一样，具有清醒而内敛的品质，他一定是一个内心柔软的“内秀者”，是一个心怀善念的“守望者”，他所关注的不是感天动地的海誓山盟，而是人最基本的、最朴素的愿望：“因为每个人，来到这个世界上，都有理由得到最基本的幸福。”(《女儿让我内心柔软》)。从某种意义上来说，这恰恰是穹宇小说的底色，这种人性的温暖和对普通生活的关怀流淌在穹宇小说的血脉之中。在小说《婴儿车》里，穹宇把目光投向了一个推着婴儿车走在街上的男人身上，写一个男人的爱和诗意。穹宇说成就《婴儿车》及他的其他小说的细节的，是他的妻子，他的孩子，他的家人和亲友，也就是常常让他内心柔软的那样美好的日常生活。这说明穹宇是一个懂得感恩的人，也是一个心怀悲悯的人，而这些正是其小说写作的动力之一。小说《妈妈的心》开头这样写道：“二月的小城，街上

行走的人脸上总抹着一层淡淡的鹅黄，这让人们见了面倍感亲近。”多好的句子，像印象派绘画一样深深留在人的心中。正是对生活有这种细微的观察和独特的感悟，使得穹宇笔下的人物变得栩栩如生、丰富充实起来。譬如李晓宇，这个穹宇多篇小说的主人公，说着满口的彭阳方言，做着日常琐事，仿佛就活在我们周围一样，甚至我们能感觉到他的呼吸与体温。海明威曾说：“小说中的人物不是靠技巧编造出来的角色，他们必须出自作者自己经过消化了的经验，出自他的知识，出自他的头脑，出自他的内心，出自一切他身上的东西。”②穹宇把他的知识和经验，把他的情感和内心全部投入在自己的作品中，他的作品总是从生活的“现场”出发，从对“人”的关怀切入，他的成功很好地印证了海明威的这一论断。

坦率地说，穹宇并不是一个高产的作家，但他绝对是一个执着、精细的作家，对写作怀着纯朴信仰的作家。在某种意义上来说，“高产”并非是一种荣耀，而往往是一种轻率和急功近利。倘若一个作家只懂得肆无忌惮地喷发，就很难保证作品能不粗制滥造。对文字的虔诚坚守，对写作的精益求精，对人性的关爱和守护，可以视为穹宇贯穿如一的一种追求和信念。也正因为如此，对“周围与身边”的关注③以及乡土文化与传统文化的滋养，练就了穹宇细腻平和的个性以及含蓄朴拙的美学趣味。穹宇的小说大都写得很细，很慢，很柔情，也很节制，然而他的野心就藏在这细和慢里，他的精彩就融在这柔情与节制里——他将小说的力量蕴藏在看似朴实、轻淡的平铺直叙之中，却往往在不动声色之中营造了一种平静的“惊奇”，这惊奇里有伤感，有怀疑，有执着，有纠缠不清的悖论，有宁静至极的绚丽。我想，穹宇一定受过周作人、沈从文、孙犁以及汪曾祺这一文脉的浸润，或者他一定在托尔斯泰、海明威、川端康成的文字里流连过，再或者他还曾经走在卡尔维诺的“小径”上，试探过博尔赫斯的“迷宫”，叩访过卡夫卡的“地洞”……重要的是，穹宇在自己的文字里把这些资源巧妙地融合在了一起，并从西北大地的乡土血脉中出发，引领我们进入他独具个性的小说天地，并为我们展示了西海固大地的另一种风貌。就宁夏青年作家群体的创作而言，如果说郭文斌是写意的、诗性的，那么穹宇则是一种“工笔”手法，更为平实和日常化，他的小说中也没有石舒清那种精心营构的神性的维度，而更多的是一种迎面而来的质朴感和现实感。因此，穹宇的写作是一种“及物”的写作。

事实上，乡土乡村是穹宇小说写作的重要主题之一，这正是穹宇所说的“土浴”。以土为净，以乡村为家，以大地为滋养，穹宇把他的小说深深扎根于西海固独有的乡土文化世界之中，他的文字像绵密的针脚，穿行在大西北的人事与风物当中，细腻而温存，真实而宽厚。毫不夸张地说，在这些作品中，我们甚至能感觉到“每个人物的亲切感和每个细节的真实感”。短篇小说《蝴蝶》便很好地体现了这一点，它的平衡感控制得非常好，平和轻淡的文字，完美精巧的结构，含蓄隐微的诗意与感伤，都耐人寻味。

> 她远远地就看到了那一大片的打碗碗花了，它们张着粉红的小脸正在冲她打招呼呢。有花就有草，苦花结在苦蔓上。而一朵一朵的打碗碗花，正是结在苦子蔓上的。她快到花跟前时，却发现花上停留着一只金光闪闪的花蝴蝶。那蝴蝶时而停在花朵上，时而翻飞而起，又小心翼翼地落下来，落到另外的一朵花上面，并不飞远。她被它深深地吸引了。
>
> 后来，蝴蝶飞起来，她跟着这只蝴蝶飞去的地方走了好远。
>
> （《蝴蝶》）

“她”是一个宁静单纯的乡村少女，初中毕业时因为爸爸的去世而不得不辍学回家，肩负起照顾妈妈和弟弟的重任。那只金光闪闪的花蝴蝶，是那样美丽而轻盈，正如同她晦暗不明的梦境和心事：和他的偶然相识，渐渐在她心底产生出一种对情爱世界的懵懂向往，但这份纯洁的情愫一直没有表白和显露，只是在主人公的内心里慢慢生长。直到有一天，她要嫁到城里去，在响桥之上，她悄悄放飞了自己心中的“蝴蝶”。尽管城里的生活并非她愿，

她也无法预知未来生活的喜忧："……城里又有什么好的！听说那里到处都是假的东西，吃着加了漂白粉的水，吸着汽车排出的毒气，住着鸟笼一样的房子，说不定在街上不小心让车给撞了，也没人管呢。"但她还是做出了一个决断，小说的结尾这样写道：

她想，终于把一个完完整整清清白白的自己交给了这个城里的人。

这是一种化蝶般的美丽和真纯，空灵而伤感，既是一种朴素而高贵的承诺，更是一种对灵魂尊严的守护。在希望碎灭的刹那，又孕育了新的希望，其中隐隐的无奈与心酸让人动容。穹宇用极为简洁的文字让我们看见了那只扑动着翅膀的神秘的蝴蝶，它一直把我们带到了很远很远的地方，什么是幸福，什么是生活，全都是解不开的疑问。这真是"字面云淡风轻，字里雷霆万钧，风雨大作"④。

显然，穹宇从沈从文、汪曾祺、川端康成那里采撷到了很多营养，《蝴蝶》中的"她"很容易让人想到《边城》中的翠翠。所不同的是，沈从文的乡土终究带着一种湘西大地的"奇幻"，汪曾祺的乡土有一种知识分子的"雅致"，川端康成的乡土渲染着一种日本民族特有的"孤冷"，而穹宇的乡土则是要展现西北生活的"纯净"和那种不经雕饰的"真相"，展现那一片阳光一样温存的柔情。然而穹宇并没有一味沉浸在诗意里，恰恰相反，他对"诗意"总是怀有一些疑问与警惕的。乡村现实不仅有温暖的一面，但同时也有其无可回避的惨痛的一面。穹宇习惯于从日常生活的细微处介入自己的思考与批判，他让自己的人物生活在无所遮蔽的残酷的现实之中，直接去面对苦难的生存命运。譬如《乡村学习》中的"学习"已经变了味，变成出卖自己良知的私欲活动。郭旦旦的老婆王翠花学习常福来，把自家的牛卖了两次(而常福来把女儿嫁了两次)，他的儿子郭里盆也学习同学改用时髦之名……这些都充分表明，在改革开放越来越深入的农村社会，商业化、金钱化对人的膨胀欲望的诱惑及其对人性道德的变异。面对这些，郭旦旦这个老实巴交的农民显得无可奈何,她的老婆从不把他当人看,因此他常处在孤独和压抑之中;他只能每天跟牛说话,牛似乎成了他唯一交流的对象。然而,当那头可以给郭旦旦带来些许快乐和安慰的牛被卖了之后呢？这个可怜的人将如何生存下去？小说在看似冷静的叙事背后揭示出"周围与身边"的幽暗的生活真相。

从表面上看,穹宇的作品似乎有点淡,有点琐碎,有点笨拙——其实许多人都被他"骗"了,在穹宇有点"狡黠"的笑声⑤以及客观冷静的叙事策略背后,我相信穹宇一定写得很克制,很小心,在烹制"小说味"的同时,他还企图留下一些隐秘的"缝隙"或"陷阱",而这些缝隙和陷阱或许更能显示出穹宇小说的深度和价值。由此,我们往往能够看到穹宇小说别具匠心的一面,那里面有无奈和隐痛,但也有怀疑和警惕,它们有些暧昧地纠缠在一起,从而增加了理解的难度。所以,读穹宇小说的时候常常要冒着一种误解他的危险。诚然,穹宇并不倾心于营构惊天动地的情节冲突,也并不热衷于铺张奢华的戏剧效果,更不钟情于重大题材和热点问题,他更善于在"和风细雨"之中触及人性的轻微颤动以及那些含蓄幽秘的触痛,更善于在"周围与身边"捕捉惆怅与悲伤,矛盾与困惑,幸福与希望。在内敛的、向后退的写作中,穹宇也执着地向外扩张、延展。你总觉得穹宇是"半遮半掩"的、"欲说还休"的,他往往言在"此"而意在"彼",这正是他的小说的风格。俗话说"作家手中无废料", 穹宇的作品要着力表现的正是 "人的最初的梦想和我们普遍的经验",是发生在我们日常生活中的"鸡零狗碎",譬如我们生活之中无处不在的、莫名其妙的"打扰"(《别敲了》),譬如寻找而不遇(《去双喜那儿》),譬如爱情突如其来的那一刻《拧了一下》,譬如走单线(《走单线》),譬如玩笑(《开什么玩笑》)等等,这些构成了穹宇小说的纹路和质地。也许,穹宇的野心正是要让那些普通的生活场景上升为一种人类普遍的生存境遇,并借此拓展他的小说世界。事实上,正是在那些熟悉的、惯常的生活经验之后,曲径通

幽，隐藏着驳杂难辨的深意，似乎又具有一种诡异的色彩。

短篇小说《别敲了》颇具特色。主人公李晓宇和王珍本来过着相对平静的生活，但突然有那么一天他们的午休（其实是夫妻之间的秘密“催眠术”）却成了问题，因为它开始受到越来越多的干扰。李晓宇的同学周聪莫名其妙地误伤了妻子李玉而锒铛入狱（因为阴差阳错，处理李玉伤口的两个实习生非但没有办法帮周聪将右手给李玉安回到原处，而且还忘记了打预防针，导致第二天下午李玉得破伤风死去，于是周聪“顺理成章”地成了杀人犯），又莫名其妙地出现在李晓宇家门口，此后，李晓宇家便不再安宁。小说在一种晦暗不明的带有荒诞意味的气氛中展开，一面是李晓宇夫妇对“催眠术”的贪恋，对安静、正常生活秩序的渴望，但却总是受到突如其来的、带有暴力色彩的“敲门声”的搅扰；另一面是李晓宇夫妇对周聪悲惨境遇的漠然，事不关己高高挂起，他们似乎只在乎自己的幸福，“妻子王珍的疲惫和满足就是丈夫李晓宇的疲惫和满足；妻子王珍的甜美就是丈夫李晓宇的甜美”，这种两情相悦的内室景象与屋外周聪的生死命运形成了鲜明的对照，也充分彰显出李晓宇夫妇的自私与冷漠。无论是前者还是后者，都似乎在拷问着人的生存困境以及人性的善恶。

《成人生活》是一篇充满了反讽意味的小说。色彩斑斓的“成人生活”背后，其实隐藏着许多不为人所知的污秽与丑恶，那些道貌岸然的成人们为了现实的利益，变得越来越虚伪、功利和无耻。主人公李晓宇娶了领导的“妻妹”后受宠若惊，开始迷恋成人们的“玩要方式”（譬如做爱）。不料，他意外地从朋友家的望远镜里发现了妻子与领导的外遇。本来要动杀机的他，却因为突然被提干而最终放弃，因为这是妻子的“功劳”。显然，在这样一个似乎荒诞不经的故事里渗透着穹宇对我们生存现实的深度思考，这让人想到了契诃夫的短篇《在钉子上》，其中同样饱含着对现实生活的辛辣的讽刺。

《厨房里的男人》涉及的是家庭暴力，仅仅因为一根头发，“她”便对丈夫产生了怀疑和仇恨，并最终下了杀手。施暴者不是我们习以为常的男性，而恰恰是处在“弱势地位”的女性；施暴的动力不是来自于耳闻目见的铁证，而是来自于无端的猜忌和莫须有的想象。这正是穹宇不同于别人的观察视角。这篇小说似乎要表现家庭暴力这一热点话题，但它实际上企图揭示的却是生活中的那些偶然性的灾难，以及灾难背后那些无法预料和掌控的疼痛本质。有趣的是，穹宇笔下的男性总是处在弱势地位，而女性似乎总是处于强势地位，譬如李晓宇、《乡村学习》中的郭旦旦等等。这难道仅仅是偶然吗？

类似于这样的作品还有很多，穹宇总是不动声色地把它们置于一种悖论性的情境之中，在貌似漫不经心的“躲闪挪移”中，显现出无穷的哲学蕴含。需要特别指出的是，穹宇的这一类小说常常带有某种荒诞的意味（而这种荒诞感又似乎有卡夫卡和加缪的味道），换句话说，“荒诞”正是穹宇创作的另一个重要的主题，这种荒诞以各种不同的面孔潜藏在他的每一部小说之中。恰恰在这里，穹宇的小说显现出一种独特的先锋气质，对作品意境的开拓和创造，对生活瞬间的捕捉与叩问，无不别有洞天、意味深长。

穹宇把自己的小说分为四类，“青涩”是有关青春爱情成长的，“渐亮”是有关婚姻家庭的，“土浴”是有关乡土乡村的，“蒙昧”是有关实验探索的。尽管不是按照编年史的方法编排的，但从这里还是可以大致看出穹宇小说的写作历程和基本特色，它说明穹宇并不是一个风格单一的、甘于抱残守缺的作家，而相反，他总是不断在向自我发出挑战，在努力尝试着各种写作的可能性。无论是写城市还是乡土，无论是写爱情还是婚恋，穹宇都既抱着同情和理解，又抱着批判和嘲讽，既去努力贴近又不断远离自己的人物和故事。他“不随随便便地定义一个人”（《去双喜那儿》），也不随随便便地在小说中得出一个结论，他把生活的复杂性抛给了读者，为读者制造了一个个思想的“旋涡”。无疑，穹宇是一个很有现实感的作家（譬如他写到堕胎、辍学、传销、诈骗等等），他执着地以“周围与身边”作为写作的主题，以一种悖谬性的视角切入生活的剖面，在笑和荒诞之中直逼生存的本相。

作为一个青年作家，穹宇的小说创作显然带有成长的痕迹，他的生命经历、生活轨迹已悄悄融化在他的每一部小说之中。《蜡染》《干草车》《三少年和一只呱啦鸡》《沉默的人》等属于穹宇早期的作品，虽然篇幅短小，但却有一种朴拙之美，读之如一幅幅粗放的图画。这些作品毫无疑问都带有实验的痕迹，不仅大大丰富了穹宇的写作技巧，也大大拓宽了他的小说视野。应该说，随着《蝴蝶》、《婴儿车》等作品的相继出现，穹宇已由“青涩”走向了成熟，由“蒙昧”走向了敞亮。在我看来，《去双喜那儿》、《别敲了》、《蝴蝶》、《婴儿车》等一批篇什堪称精品，是宁夏文学的重要收获。当然，穹宇还远远没有达到他应该触及的高度，他的一些小说写得有一点“拧”，无论是在小说题材的选择上还是在小说技巧的探索上，他还需要更大的开拓和推进，他还有更长的路要走。不过，要相信穹宇会给我们带来巨大的惊喜，我们真诚地期待着！

（原载《彭阳文学》2010 年第 3 期）

注释：

①载《小说评论》，2006 年第 5 期。

②海明威：《海明威谈创作》，董衡巽编选，三联书店 1985 年版，第 3 页。

③穹宇曾说：“有多大的生活空间，就写多大的活剧，‘周围与身边’依然是我写作的主题。”见《有关青年作家穹宇》，载 2008 年 4 月 26 日《银川晚报》。

④《蝴蝶》入选《2007 文学中国》的主编评语。

⑤穹宇的新浪博客签名是：“偶尔写写小说，常常暗自发笑。”这很容易让人想起米兰·昆德拉所引用的那句犹太名言：“人类一思考，上帝就发笑。”在穹宇的文字背后，我们似乎能常常听到他的笑声，狡黠而智慧，孤傲而超脱。这笑声既是穹宇对待生活的态度，又是他面对写作的本真姿态。

传　说

——王秀玲和她的小说

穹　宇

近两年，经过我手编发了王秀玲好几篇小说。

《收狗的女人》(《黄河文学》2008 年第 5 期)《喊魂》(《黄河文学》2009 年第 4 期)《篝火》(《黄河文学》2010 年第 2 期)，还有《打碗碗花》(《黄河文学》2010 年第 10、11 期)。关于村子及村里的事情，王秀玲是熟悉的，她笔下的人是鲜活的，诗意的，多情的。我一直在思考，她对土地和亲人的爱恋，是纯朴和真心实意的，她的感觉和表达很好。收狗的女人是个乡里能干的、不漂亮、有男人气的女人，如果在城市背景下的话，她肯定不美，但当她骑着摩托车不定期地来到村里的时候，男人们的律动让村里的年轻媳妇之一的“我”感觉到了。“我”是旁观者，是在场的，这样一来，实际见证了一个事实，乡村有自己独到的审美：健康、能干的女人，在乡野村舍和艰辛的生活中体现了她们的价值，也就是，劳动着的妇女，是最美的。(彭阳的文学艺术家都是这么个感觉吧，比如，林生库的摄影，镜头里的劳动妇女我觉得是世界上最美的女人。)

《喊魂》和《篝火》写传统的民俗，喊魂其实用彭阳话叫“叫魂”，韩尚丽的魂丢了，是男人打工没回家，这种夫妻间的思念，附着在阵阵喊魂声里面，悠远，幽怨，令人心疼；篝火用彭阳话叫“燎干”，腊月二十三，两个小孩在五峰山上耧柴，在耙子上点火拉着跑着玩，就把山给点着了，时间不到天还没黑呢，燎干就提前开始了，这个篝火足够大，这个“干”附近的人（实际上是赶来扑火救火的）全来一起“燎”了，确实“得劲”，非常“给力”。这里写到了爷爷，爷爷是个看山人，也是个看庙的人，小孙子的惧怕，爷爷的宽容，祖孙的关系在此得到体现，乡村伦理里面最本质的东西得到了揭示。《打碗碗花》是中篇小说，写出了妯娌和叔伯之间的善意的诗意的有情义的关系，也许就好在说不清道不明，在朦胧和蒙昧中，我们看到了乡村年轻的成年人们对生活的乐观、豁达以及心存美好诗意的人的内质和精神状态，是含蓄之美，是劳动之美，更是人情之美的所在。

记得她的第一篇小说我是让她加了字数的。那个稿子先前我在《彭阳》执行主编的时候见到过，没能用。我到银川《黄河文学》后，她来投稿，说鼓了很大的勇气来编辑部的。我们这个编辑部在银川市委市政府的大院里，好几个大门，有武警岗哨，换了我是她，跨进来的勇气会有吗？她来了，说她是王秀玲。我从没见过她，但我说我知道你，老早你在《六盘山》上有一个小说我读过，给《彭阳》的一个稿子当时虽然没能用，但我还记得。她说她那时还在农村里没出来，二〇〇七年暑假才到银川的，我说我也是当年六月份调来银川的。她这次拿给我们的就是那篇当时没用成的稿子，我说你加到八千字以上吧。顺便提了几句该怎么怎么加的建议给她。后来她加了字数，用电子邮件发给了我，就发表出来了，是那篇《收狗的女人》。当时她还没学会打字，连发邮件是别人给帮着发的。稿子在一校二校的时候，由于错别字多，我受到了同事的攻击，那位用训斥的口吻说哎呀，怎么编的稿子，你瞧瞧改了一片红！但那其实是很好的一篇小说。后来刊物陆续用过几篇她的小说，还有另外两篇，就写得有些套路化了，我就给她说哪里没写好，不能用。

其实这中间，她如果往邮箱里投了稿子，也是会发个短信给我，我用稿子不用稿子，才电话通知她，领稿费取样刊时，才会见到她。前年暑假的时候，我跟妻子准备去她家看看她的，都出门了，却联系不上，她的电话停机，只好作罢；寒假恰好春节，她来我家了，我妻子说老乡又是写小说的，在银川过春节遇到这样的人感觉真的挺好的。

后来我送给了她两本书，聊了她的小说和她的生活情况。

她的中篇小说《打碗碗花》，我看完有了一种震动和惊喜，她是个很有诗意的农村妇女，她的幽默是我熟悉的，还有，她文章中会时有大的开合，让我想起谁书上写过拿破仑“破鸡蛋而立”的故事情节来，这些都是很难得的。

尽管王秀玲长相一般，但我发现她有她的一些追求。比如今年夏天了，穿那么低胸的T恤，我就笑了一下她，我觉得这个玩笑不会伤害到她；有一次她来编辑部取我购买送她的两本书，发现她穿连衣裙，赤脚穿凉鞋，脚趾甲涂成红色的，我看了看，没言传。而且，我发觉其实从刚开始见到她直到现在，她都说普通话，没别的人在的时候，我说我们那儿的方言，她还说普通话，但这也不影响我们交流。

她娘家的那个村子是我上初中一年级时那所乡初中所在地，婆家我知道，那个地方叫涝池，小地方叫祁家后沟，说这个大约外界不熟悉，说长城塬，就会有更大范围的一些人知道，因那里有一段古老的秦长城得名。白马庙就在长城塬上，相传那白马是公子扶苏监修长城时的坐骑，死后埋在那里，老百姓就建了一座白马庙。白马庙纪念的其实是公子扶苏，由于当时老百姓不能公开纪念这位秦二世的哥哥，不便明说而为，这是一个美好的传说。白马庙的集市很古老，跟我的村子麻子沟圈还有另一个叫作三个窑的地方都是我们那儿有名的古老的大村集。长城塬上还有一些传说，比如大家都很熟悉的孟姜女哭长城的故事，毛主席长征翻越六盘山夜宿乔家渠的故事等，是个有故事和古迹的地方。

王秀玲的娘家就在一个叫五峰山的山脚下，那个山，在光秃秃方圆百里山头里面，就那座山的五峰长狼牙刺。看起来很有神性的。那山上有庙，供奉的是齐天大圣。她其实是从山脚下的小川道嫁到了山背后的祁家后沟了，那沟就在长城塬的塬边上。

那天我读完她的《打碗碗花》之后，禁不住一个人就想到了她生活的这

些村庄，也许这些与她的写作有千丝万缕的联系吧。

王秀玲现在在宁夏大学学生宿舍当保洁员。她书读到初中毕业，如今每月挣500块钱，她丈夫给别人开小货车，据说小学没念过几天。他们有两个孩子在银川上小学和初中，生活是很辛苦的，但她写着，读着，已经学会了打字发电子邮件，她说别人送了她一台旧电脑，方便多了。

现在，由我这个麻子沟圈的“啃街（发gai声）猴”来介绍她这个祁家后沟的“黏（发ran声）面盆”，不单单是老乡，是因为作者和编者的机缘，重要的是我们都是写小说的人。

我相信她会越写越好的。

（原载《彭阳文学》2011年第1期）

在寻常世事中体味人性的温馨与善良

——马江驰散文简论

杨奉宇

这是我第二次精心翻检马江驰老师的散文，差不多四个小时，二十多篇散文，反反复复，我在比较、在挖掘、在有意识地超越第一次的阅读感受，寻找真正属于马江池散文的沉思和意蕴。其散文的主调依然是对现实人生、凡人小事的认同、体谅、赞美、热爱，字里行间充溢着对人情世故的决绝与思量，彰显自我的温厚、沉静与平和。

一、对故土的冥想

在他的散文中，我强烈地感受到一种对故乡、对土地的深厚感情，似乎他的生命一直扎在某一个相对固定的地方。这个地方可能就是某个村庄，永久性地驻留着儿时的记忆和梦想，成为其灵魂的栖居地，不论悲喜、贫富、尊卑、贵贱，都会深深植根于他生命的底部。读他的散文，我明晰地感受到他无法撕裂的故乡之痛，“就像离开母亲的孩子怅惘无着，久别的思念和久违的忏悔萦绕心头，就像放飞的风筝，飘荡在记忆的河流上，却总被那块土地牢牢地牵着，永远飘不出心中的那块厚土”（《厚土》）。此时的厚土是他感知到生命与故土相依而引发的乡情、乡思，更是他灵魂的出发点和最后的归宿。还有好几篇散文着力表现对苦杏仁、苦苦菜、灰苕、冻洋芋这些粘带着故土记忆的眷恋，让自己沉潜于朴实厚道的乡村现实，切身体会故乡的温热；那种把自己的生命融化进去的写作情感，使读者不得不和他一道去

感受和体验那些含辛茹苦的日子。就在这些遥远的记忆里，我轻松地翻检出马江驰着力表现的生存的真实意义，对家乡的血缘亲情和母性依恋，已经融入了他的血脉和骨髓，转化为一种无意识，一种世界观乃至一种思维方式。

二、对亲情的眷恋

作者在很多篇章中追忆亲情别离的点点滴滴，倾诉自我的伤痛和怀念之情。《厚土》《泪水中的感悟》《饥饿的馨香》都写到母亲，在叙述母亲的点滴生活情景时，用凄楚的笔调，虔敬地追怀母亲、父亲对自己的影响。在母亲一生的琐碎经历中，尽情讴歌一种具有普遍意义的伟大的母爱。“记得小时侯每到冬天，由于没柴烧炕，母亲总脱光衣服，将冻得瑟瑟发抖的我紧紧地搂在胸前，那种安全而又温馨的感觉让我夜夜安然入睡到天明”，字里行间彰显的爱与关怀，是我人生里最温暖的依靠。在那个饥饿成灾的年代，母亲宁愿自己饿着，把吃的给自己的孩子；面临病魔的无情折磨，还在宽慰自己的孩子。这种忍受和承担，成了我能够驮负一切苦难的支撑。《心碎的谎言》写父亲艰难的人生经历，写父亲对孩子严厉的教育，以及对我的深远影响，既是家族史，又是作者的心灵史。在父亲病重的那段日子，作者几次写父亲简短的话语“我好着呢，你别吃力”，“你把心放宽，我好着呢”，这种承受与坚韧，成了父亲情感深处流淌的生命音符。还有文章结尾作者用大段直白的文字表露自己对父亲的眷念，这些浸泡着作者深情的文字，不仅仅是对人间亲情的回忆与诉说，更是对生命状态的深刻感悟，到此，你才会明白什么善，什么是真，什么是永远活在一个人心里的东西。

三、对生活的知性反思

研读马江驰的散文，反思意识几乎是他整个散文创作的情感动向。在他的散文中几乎找不到吟风弄月的浅唱，而是在短小的篇幅里截取并浓缩社会和人生流动着的某个断面，多侧面抒发积郁在内心的情感的风涛，以此传达出时代的节奏，当代人的情绪和脉搏。《那双眼睛》《校门口的守望》

《划痕》《我们的教学楼能防几级地震》《生子当如张非》等篇什是对教育的反思。《校门口的守望》彰显了作者的良知与爱心。他通过"校门口"这一习以为常的场景,细致入微地刻画了家长和学生喜怒哀乐、酸甜苦辣的生活和故事。真正的亮点并非对"校门口"的平面描述,而是对"一个父母在外打工的学生在校门口守望,又失望而归的失落而迷惘的眼神"的发现与感动,无疑增强了作品的深度和厚度,也显现出作者在表述中厚重的生命张力。《我们的教学楼能抗几级地震》是对 5·12 的知性反思,更是对世人、对决策者、对那些唯利是图者振聋发聩、不能泯灭良知的发问。《划痕》因一件细微的小事引发作者对为人师的诘问:简单粗暴的教育方式,给学生留下了一道深深的划痕,这道划痕是生命深处永远的痛,无法修补,无法烤漆,一生一世都打磨不光。也在警示我们,教育的每个细节,容不得我们有半点的麻痹大意, 教育的过程就是用爱心浇灌每个孩子心灵的过程。《生子当如张非》是对整个教育现状的发思,应试教育下的名利驱动为"职业考生"提供了滋生的温床,甚至还会繁衍出"职业考生"的新变种,甚至是"超级病菌"。《小时侯,妈妈对我讲》则通过"仇怨的乳头""恶毒的糖果""绿叶叶红秆秆的东西"三个我们"耳熟能详"的故事,警钟一样敲响我们每一个家长的心房,在教育孩子的时候,"要把爱和严统一起来,而不是放任自流的溺爱,严是爱,惯是害;孩子就像成长期的小树,难免有些旁逸斜出,它需要父母或别人及时修正。现实生活中,某些甜蜜的东西,往往是侵蚀你灵魂的毒药,是蛊惑你走向地狱的诱饵,是引诱你沉沦灭亡的陷阱;人应常怀一颗感恩之心,无论你走到哪儿,千万不能忘记哺育过你的山山水水,不能忘记生你养你的父老乡亲……"

《奸人》《净者》《孝贵恒》《知音·恋人·母子》《小村谐年》等篇什是对人性的反思。《奸人》挖掘出当下为人处世价值判断标准的嬗变。文章列举了许多"奸人"的作为:"事不关己,高高挂起","为人自扫门前雪,不管他人瓦上霜","明知不对,少说为佳","明哲保身,但求无过"。当"奸人"成了人们心中

的“好人”，奸人的处事原则成了大多数人的处事原则的时候，也许会导致“佞谄日炽，刚克消亡。舐痔结驷，正色徒行”的畸形社会现象。《净者》通过穆斯林“小净”“大净”的外在形式反思一个人心灵的洁净。文章通过对“花白胡子”前后人生轨迹的叙述，揭示出“人这一辈子只有不停地洗，让洁净的圣水渗进骨头，浸进心里，也许才能干净”的道理。《孝贵恒》由李密的《陈情表》体悟出孝敬的真实涵义：不再是几次回家转转，几件新衣服，几顿好饭菜，而是至情至真至纯的恒孝。《知音·恋人·母子》着眼于社会底层，发现着一个个真实而感人的故事：两个知音，一个能吹，一个能唱，凭着他们简单的行囊，超然物外地在大街小巷演奏属于他们的梦想；一对恋人，“女乞丐一瘸一拐地走在前面，用一根细长的木棍拽着那个男乞丐，男乞丐牢牢地抓住木棍的另一头，昂着头坦然而自信地跟着走”，一个个“平凡的日子里，两颗心贴在一起，共同品尝生活中的酸甜苦辣，共同承担生命旅途上的风风雨雨”；一对母子，“儿子用脏黑的小手为母亲捶着腿，母亲用硬拙的五指给儿子梳理着头发”。作者并没有停留在感性的描述，而是反思不是乞丐的“我们”恰恰缺乏的反而是这几对乞丐所具有的，提示我们面对“人性里的有些东西，是要向他们乞讨的”。《小村谐年》描述了回汉民族从隔阂到和谐相处的心路历程，预示了只有遵从真、善的人性追求，才会有一个美好、和谐的生活画卷。

最后说说写作手法。如果说真情与良知、温馨与善良成就了马江驰散文的话，那么叙事上的细针密线反而缩小了“审美的距离”，对复杂生活现象的描写还需要作者的内在感觉去刻画，在现实向历史的延伸上还欠点水到渠成的感觉，写现实生活的过程中对历史文化的追溯给人一种嵌入的感觉，有时候有点“多”，有时候有点“硬”。另外，在叙事手法上还停留在一人、一事、一议的叙述模式上，缺乏一点洒脱和从容，情感的直白表述减弱了让人反复回味的余地。

（原载《彭阳文学》2011 年第 2 期）

诗情画意背后飘忽不定的农民命运

——解读穹宇小说《蝴蝶》

马君成

心灵手巧、脾气乖爽、美貌如花的她，心中朦朦胧胧地喜欢着一个人，但她却没有勇气去追求自己的理想爱情，顺从地按照母亲的意愿嫁给一个大她十一岁的，她完全不了解的，根本谈不上爱与不爱的，离过婚的城里男人。这是穹宇在小说《蝴蝶》里为我们平静地讲述的一个故事。她让我们的心里充满了期许和思考。

当母亲的梦圆了的时候，女儿的梦破碎了。《蝴蝶》在充满诗情画意的文字背后透视了飘忽不定的农民命运问题。

在今天，许多作家把视角重新定位在农村，关注民生问题，关注底层生活，关注底层的声音。这是符合时代精神的一个支点。《蝴蝶》的题材新颖，抓住了时代热点，反映了“三农问题”，字里行间充满了强烈的乡土气息和地方色彩。小说中所写的这种事，具有真实性和普遍性。小说开头写母女俩剥玉米皮，中间写童年时代在山野打猪菜等生活场景，真实地再现了农民的生存现状。漂亮的女孩嫁给城里人的事具有典型性和代表性。这种事中国广大农村大量存在，在作者创作的这片地域大背景下，在西海固的土地上更是屡见不鲜的。穹宇很善良，只描述了那个城里男人大她十一岁，只说他的胖令母女俩很意外，没有说他很丑，很可能还有很多缺陷和毛病，没有说他是一个布满皱纹的老朽不堪行将就木的糟老头子，但现实往往还会是这

些情况。现实是最冷酷的哲学家。现实让物质和精神高度契合，现实很好地平衡、补充了人与人之间的各种差距，填平了城乡差别，填平了年龄差别。

这篇小说揭示的社会问题比较广泛，涉及了农村的教育问题、经济问题、民工问题、观念问题、婚姻问题，这些问题总是相互联系，相互影响，决定着农民的飘忽不定的命运。

穹宇在小说题目的确定上往往是语不惊人不罢休的。这篇小说即是如此，用意深刻，具有象征性，通过一只美丽的、金光闪闪的蝴蝶象征这个美丽的女孩。小说以《蝴蝶》为题，但全文对蝴蝶的描写只有区区百字，是由花引起的，"苦花结在苦蔓上"似乎也象征她的命运，那只蝴蝶时近时远，金光闪闪，充满着诱惑，但与又她若即若离，"她被深深地吸引""跟着蝴蝶飞去的地方走了好远"，这是对她和他的无缘的爱情的折射。难道理想的爱情一定得追溯梁山伯与祝英台吗？难道一定要化蝶吗？蝴蝶像梦一样，它飞远了，留在家乡，留在童年，留在农村，留在响（相思）河的桥上，或者已经尘封。她手里握着写着他的电话号码的那张纸也许是曾经遇到过他的唯一凭据。这篇小说在《黄河文学》（2007 年第 1 期）发表后，《小说选刊》（2007 年第 2 期）以最快的速度立即转载了。欣力在"责编稿签"写了这样一段意味深长的话：

> 每个人的心里都有一只蝴蝶，它翻飞起舞，飞到谁也不知道的远方去。它，就是我们的梦想。儿时的，少年的，纯真的，也是懵懂的。你其实不知道那是不是你想要的，你只是以为。许多年后，你才知道，该要的和想要的，其实是两码事，就像这个小说里的女子，该要的并不是她想要的，可是她没法拒绝。没法拒绝并不是那个城里男人，而是城里的人的生活。一个多么好的女子，是该过上好日子的，人们都这么说。可是，什么样的日子是好日子呢？谁又能说得清楚？只有一点是真实的，那就是女子心里的怅惘和无奈，深深浅浅，欲说还休。

人物形象塑造得很成功。母亲、女孩、男孩都栩栩如生，血肉丰满，倒是那个城里男人模模糊糊，不太明朗，他为什么要娶一个农村女孩，他有什么身世，他结过一次婚，为什么又成了单身？这些作者都故意不去写。写女孩的父亲，遇矿难，亲人没有见上最后一面，连尸体都没有见着，只见了个骨灰盒，一个人的生命只陪了区区八千块钱，除过埋葬花掉二千，剩下的六千块人命钱却让二爸三爸“借”去。这里虽然着墨不多，但读来令人心酸，个中滋味，谁能体会？人情淡漠，世态炎凉啊！

小说中的诗情画意主要体现在她对未来的向往，也就是她将告别少女生活，走向现实的柴米油盐的、车水马龙的城市生活，走向没有爱情的家时对童年时代捉蝴蝶的回忆，那充满了天真烂漫，充满了美好父爱和温馨的欢乐时代的追忆，对田园风光的描述，对小河流水的深情寄托，以及小说结尾处她的叹息和意味深长的心理活动：“总算把一个完完整整的清清白白的自己交给了这个城里人。”即使在她成为那个城里人的新娘的时候，她心里还是空空荡荡，没有着落，其实她在出嫁前专门到响桥上等他，她刻意地收集有关他的信息，在爱情上她完全是被动的，在别人为她找了城里人，在她快要出嫁时，她除了对他来说，没有人听她的倾诉。她是非常纯朴的村姑，她有自己对城市的恐惧、不适应，她认为城里“到处都是假的东西，吃着加了漂白粉的水，吸着汽车排出的尾气，住着鸟笼一样的房子，说不定在街上不小心让车给撞了，也没人管呢”。这种想法她对母亲说，母亲说她是瓜女子，叫电视看糊涂了。她没有朋友，她无处倾诉，只能再一次对他表达这种想法，但他也没有给她满意的答复。整个小说里都贯穿着女主人公的这种心理的错位，她嫁的是城里人，心里想的却是他，充满了忧伤的诗情画意。

穹宇的小说创作先锋意识非常强。他善于捕捉瞬间的美，重视在小说里对意境的开拓和创造。《蝴蝶》中安排的几个意象值得注意。譬如她和他的四次见面。初次见面时，他在蒙蒙细雨中上了从城里发出的车，带着被雨淋得很湿的头发，很腼腆看她，看得她不好意思，他们用各自的口音说话，轻松

愉快。第三次见他时是在去城里的蹦蹦车上，带着对相互口音的强烈兴趣，二人谈得神采飞扬，并相互知道了对方的名字。这“车”就成为承载他们相互情感的载体，或者说是一个重要的场景。而第二次和第四次见他都是在响桥上。第二次是在她挑水时不期而遇，他推着摩托车过那窄窄的桥，她告诉他，家里人为她找了一个城里人。第四次见他是她主动到响桥上等他，他又推着摩托车过那窄窄的桥，她告诉他，她就要出嫁了。这里的“响桥”是作者精心营造和安排的，谐音“想桥”，“桥”的意义是丰富的，一语双关，令人想起鹊桥相会，令人想起爱情之桥。女孩表达爱情的方式是含蓄的，含蓄得像开了一个玩笑，她的表白是你敢不敢用摩托捎我到白马庙去跟集，但这已经够了。问题是他没有抓住机会，错过了一桩良缘。

小说中她在将嫁之时对他的念念不忘，让我们似乎预料到她和他之间会发生些什么，但是出乎预料，也出乎她的预料，他们之间什么也没有发生，连被他用摩托捎一回都成了一种奢望，都没能实现，她只是想在他的身后靠着他，有一点点的温存，但那只是一个无法兑现的梦，像童年时捉过的蝴蝶一样扑朔迷离，所以在她穿上大红的嫁衣时，只能无奈地低下头，无力地小声啜泣，以至于他在小说结尾发出那样的并非出自庆幸的叹息：“总算把一个完完整整的清清白白的自己交给了这个城里人。”这是自嘲？还是自我安慰？

穹宇的小说语言精练，明白如话，这是他刻意追求的语言风格。他是写小小说出身的，非常懂得惜墨如金，该含蓄的地方，他处理精妙，令人惊叹。在他平静冷淡的叙述背后深藏着着太多的悲凉和无奈，隐含着深深的思考和人文关怀。语言对于穹宇仿佛是眼镜，背后才是真正的眼睛，理解穹宇的作品就要透过语言介质，理解他的言外之意，弦外之音。她的姐姐们都嫁到城里去了，嫁到城里就一定幸福吗？作家安排了一个情节，当她想让他捎她去白马庙赶集时，他说四姐夫由于赌博给治安大队给抓了，这绝非是一个闲来之笔——看看乡村的漂亮女孩嫁的是什么样的城里人吧！这个就是例子，而那个城里人，要娶她的那个，除了酒色财气和虚情假意，我们还能看到他的什么？还能看到他的半点的对爱情的认真吗？他能疼她吗？能像呵护一朵花一样呵护她吗？一切都是未知数。她和那个男孩临别时，男孩留给她的电话号码，他微笑着离去的背影，他的乐天知命坦然地接受一切世俗观念里，人们为他安排的一切，从来没有异议，从来没有反抗，从来不主动去争取他本来可以努力争取的幸福。这样的性格弱点，在她身上一样的具有。她逆来顺受地接受了母亲的安排，嫁给了一个她并不爱的男人。

《蝴蝶》留给我们的思考是意味深长的。美丽如花的农村女孩，无缘踏进大学校园的门槛，她们的前途在哪里？她们的命运如何？何去何从？找个城里人嫁出去，就能过上轻松幸福的生活吗？小说在充满诗情画意的文字背后透视了飘忽不定的农民命运。

（原载《彭阳文学》2008 年第 1 期）

尘埃低处的诗意

——刘天文诗歌浅评

高丽君

雨大了。

五月渐过，春光渐散，夏日来临。人们似乎已习惯了小城忽冷忽热的天气。这样一个夏天的下午，背倚着窗台，静静看着楼下。汽车的轮胎碾过马路，惊起层层的水雾，溅起泥点乱飞。

看人们于一个个时间的节点，用文字记录着许多静止的美丽和痛楚。忽然忆及那想念已久却有些遥远的味道，比如亲人的笑容，麦子的甘甜，荞麦的花香，以及庄稼成熟时闪烁着的星光，青蛙呱呱的欢叫……

也如一个人的诗，简洁明快，片言几语，是平实的片段，是凡俗的细节，是低处的浓浓诗意，却有着令人震惊的力量，真实而坚韧。诗歌在诗作者心中就像岁月的底片。有挫折时，会在心头矗立起来，那么的清晰，成为灵魂的慰藉；有成绩时，也从不会丢弃和忘记，依然会在身后和内心盘踞，那是力量和勇气的源头，是一个人的根基。

是不是每个诗人都背负着一个灵魂的故乡？荷尔德林说：我仿佛是大地的一个儿子，生来有爱，也有痛苦。刘天文是一个用诗意的视觉感受内心与世界的人。故乡，是躺在游子灵魂深处的诗。一首首有感而发的抒写故乡的诗歌，就是一张张心中故乡的遗照。父亲，麦子，狗，鸡，一只花猫，都是心中永存的片段。

“……父亲还是紧紧握住生活的酒杯 / 规规矩矩把苦累喝下 / 恭恭敬敬将血泪吞咽 / 微微涨红的脸 / 像一枝童话在幻觉中发芽 / 似一棵枯树在梦境开花”(《致父亲五十岁生日》)。在简单的诗行里,你可以清晰地感受到作者对父亲的深情。不经意瞬间带来的细节,也能够触景生情,表达着对亲人的剪影与热爱。

在《故乡》里,简洁的画面,直白的语言,跳跃的思维。读诗,脑海中会有一节节深入泥土的根,伸展衍生。那里有温暖的细节和亲人。有时候,他忽略掉争执与苦难,想起那些久远的花草树树木和故乡的风雪,就知晓,时间永不可逆。“一只鸡在院墙上打鸣 / 一条狗在篱笆边狂吠 / 一只猫奔奔跳跳 / 正耐力追赶 / 油菜地边的一对 / 轻佻的蝴蝶……”(《故乡》)。

泥土和乡情馈赠了他淳朴和善良,黄土地的干涸和苦难赐予了他灵感与深刻。他一直在怀念,因此一路痛楚。他学会了善于对现实世界进行诗性的反映。作品中,表现出来的更是淳朴的特性和深邃的思想。“麦苗夭折了 / 豆苗夭折了 / 马铃薯夭折了 / 玉米苗还在薄膜里探头探脑 / 稍不小心 / 也会被干旱撞闪了腰……”(《干旱》)。

他亦是一块糖。一眼看尽的半透明,琥珀色里有一点酒红旖旎,是先清先浅,薄有微辛,正是你熟悉的红尘滋味。有许多的棱面,却无尖利的棱角,浅浅的心胸,埋得下各种感悟。透明间杂混沌,混沌间杂清新,只有香甜,挥之不去,中和了一路咽下的苦涩。在一行行浸润着敬意与思索的字里行间,似乎找到了答案……

“偶然看见/门卫老黄拿着水管/在浇县委院子的一大片花园/……花园被分成了一畦一畦的小块/老黄吃力地移动着水管/大风轻巧地移动着老黄的头发、衣服/和一声声急促的咳嗽”(《老黄》)。

《老黄》《怀念一颗糖》《洗手的民工》《涛涛睡着了》《独舞》《无题》《玩泥巴的孩子》,以及《童年记忆》(组诗)里,他们都是在生活在最底层的身影,是能够迅速地淹没于黑暗中,沉默无声的小人物、小形象。“我”以及他们,想要

的生活，平实而已。但这样的细节，会给清贫里增添了些有滋有味的生活原料，也给人生的原生态找到了更多的精彩。

人在不如意的环境和空间中常常会幻想，以此抗拒陌生、孤独和逼仄。我们幻想爱情、生活，甚至记忆，难以自拔。有时候我们不敢记录自己的卑微、弱小、不甘和真相。他却描画着生活的细碎，一些生命的片段仿佛进入了定格，矛盾在身体中生根发芽。在《小房子》《意外》《享受城市的一个下午》中，诗人勾勒着那些抗拒和不安的小故事："我们又闹了别扭 / 不约而同 / 晚上我们以背对背的方式 / 表白自己的立场和坚定 / 当然，仅是一件小事 / 感情的波涛不会背弃理智之岸……"(《意外》)。

他亦是一段际遇。几分谐趣几分风情几分天真，还剩几分孤倔。藏在心底里不为人知的伤处，一如诗人通有的心性。《快乐的庄子》《李清照》《哦，冯翔》，还有《想起海子》，读这样的诗，整个身心都是疏淡的，隐逸的。闻风，听松，操琴，洒洒清霜扑面而来……却也有浓烈的音画之意。山林寂寞，流水云烟，即可尽诉其中况味，而历历不知四时。如山中朗月，扬起扑扑落下的满地松花。古老的月色与潮热的花香，相顾无言间，即是几千年的岁时流逝。

他亦是一坚守的人。这个社会和时代是一个诗意逃席的国度。在物质化的世界中，诗人们注定是孤独的，悲哀的，凄凉的。每个人的心中都有一座空旷的城池。有时候，身在此处，却并不属于此岸。很多诗人选择了逃离。他在自己的书桌旁，记录着那些彼时相遇相知的人，如今的不可达和存在的印记，有着现今不可碰触的珍贵。比如《怀念一颗糖》："……两半块糖 / 掉进两张嘴巴 / 掉进 1960 年 / 深深的除夕夜 // 分糖的人 / 是我过世二十多年的爷爷 / 吃糖的人 / 一位是我年近花甲的父亲 / 另一个是我未曾谋面 / 不到十八岁就死于痢疾的小叔……"。

他希冀用纯净与质朴的方式走进自然与世界，教会了人们看待生命与整个世界的视觉，是一种淡定与纯净，宽容与快慰！

世上有两种笑容最美，一种是五六岁孩童喜悦的欢笑，一种是厚重质朴的憨笑，掩藏时光的味道。你看，《这一天是这样开始的》：“……儿子早睡醒了 / 没人给他穿衣服 / 他就光屁股在床上散步 / 把一件毛衣 / 甩来甩去 / 甩来甩去……”。

在这些动作和笑容里，我们看的是跳跃的韵律。即便生活化，但感知到的不是敷衍和虚伪。他的诗，是听从灵魂深处的召唤，是真诚面对生活的回声；是内心始终充满感恩，热爱生活，珍惜光阴的画面；是以不倦的头脑去爱这个世界的场景。

他自由地诗意着，从不吝啬自己的率性表达。吟唱人生中经历过的每个驿站的山与水、人与事，吟唱对故乡的缅怀与感念，更吟唱着对个人与内心、生命与人性、人生与社会的反思。一个日渐成熟而旷达，淡薄世外之物后的澄澈与丰厚，追求独立之精神、自由之灵魂的纯净诗者，跃然眼前。

他带给观者的是一种乡情化的诗学，一种强烈的诗性的个人化情结。他的不少诗歌，无论是从构思的追求、语言的组合、意象的变化、意境的营造，还是从质体与情感、节奏与理智、感情与速度等方面，都获得了足够的灵动性。

北岛有一句诗：“我的肩上是风/风上是闪烁的星群”，那么的美好和纯净，令人向往。又回到诗意这个词上，人仅仅有丰富的物质财富远远不够。我们需要这样的诗人，构建一所五彩缤纷的家园，来安放一个个骚动不安的灵魂，为世俗的人间构建着精神的“世外桃源”。

希尼说诗歌是“黑暗的回声”。刘天文是一个坚持不懈用诗歌说话和做人、用做人的本质写诗的诗人，一个能够面对磨难都不会消沉意志的诗人，那么，就让他的诗歌依旧开放，随着四溢的光芒，即使是孤独地吟唱……

（原载《彭阳文学》2012 年第 2 期）

用诗歌寻找精神的原乡

——刘天文诗歌简评

王武军

在西海固青年诗人中，刘天文是继张虎强、李兴民、林混之后最沉稳的一位诗者。读着刘天文的诗，联想到虎强、兴民、林混的诗，我发现，无论他们身处闹市银川，还是生活的固原市区，抑或是在彭阳县城，他们的目光都向着底层，用诗歌寻找着精神的原乡。

因为诗歌，我认识了诗人刘天文。那是在 2011 年 6 月 21 日“西海固作家”人才培养工程启动仪式暨骨干作家培训班上，经人介绍，我第一次见到了刘天文。给我的第一印象，他是一位憨厚而又率真的年轻人。后来，在彭阳文联工作的他又向我约稿，一来二去，也就通过文字熟悉了，虽不曾见过几次面，但他的诗歌却深深地打动了我。

读刘天文的诗，从村庄、小房子、麦子、苜蓿花、水窖、干旱、大黑牛和花母鸡等事物和意象中，我们能够清晰地感知一个青年诗人对生活、对诗歌的深刻真实的理解和感悟，有一种清纯的乡土味和淡淡的阳光神韵。

在给青年诗人李兴民的诗歌评论中我曾经说过，西海固诗歌其实就是“出生地”写作。而天文也不例外，从他众多的诗歌作品中，我们不难看出具有明显的“出生地”标志。

在《水窖》一诗中诗人写道：“让一双饥渴的眼睛忘却 / 与干旱的实际距离 / 让一根绳子悬着的心 / 叮咚作响 / 让四季凝结雨意 / 让盘算颗粒归

仓……”。而在《苜蓿花》中，诗人吟唱道：“天空灰暗 / 有那一声清澈的鸟鸣就够了 / 旷野荒芜 / 有那一片紫莹莹的苜蓿花就够了 / 暮霭沉沉 / 有那一张灿烂的笑靥就够了 / 时光匆匆啊 / 有那一只彩蝶 / 片刻的停歇就够了”。再看看《小房子》一诗：“房子很小 / 四十多平方米 / 在临街的三楼 //……树下是车流人流 / 是马路一样真实的生活 / 人们大多匆忙 / 不留下脚印就消失了 / 偶尔也有慢下来停下来的 / 写一脸的茫然和伤悲 / 我就在小房子的阳台边 / 以虚拟的关注和同情 / 消磨好些时光 // 房子确实很小 / 但也容纳下家的全部 / 男人女人孩子 / 还有彼此离不开的缠绵”。尤其是《皇甫谧》一诗，更加凸显出诗人所在的彭阳标识：“二十岁时你还是个孩子 / 编荆为盾，执杖为戈 / 二十岁时你不再是个孩子 / 一块孝敬母亲的瓜果 / 换来修身笃学的教诲……类诏不仕的你 / 成为书淫的你 / 让晋武帝的马车 / 在旷野荒谷里也飘来 / 书香缕缕 / 青灯挑亮梦的岁月里 / 把一枚枚银针准确刺向 / 世界上遍染风痹疾的 / 每一孔穴位……”。从这些诗句中我们可以清晰地看到，诗人从彭阳出发，从他出生的村庄出发，从一座小房子出发，穿越历史，穿越故乡，穿越现实，用不事雕琢的笔触，以一种充满审美诉求的生活态度来审视脚下的这片土地，诗的指向性直指“出生地”，读来让人惊讶：一个三十多岁的青年诗人能够写出这么饱满而丰润的诗歌，确实让人眼前一亮。

读刘天文的诗歌，要慢慢地品味，细细地琢磨。初看，好像一位妙龄少女的浅唱低吟；再读，你就会觉得到有一种幸福的疼痛和希望的诱惑。诗人在《干旱》一诗中写道：“挥之不去的太阳 / 续持在头顶盘旋 / 老百姓不作声了 / 倔强的犁还在田野里穿梭 / 硬把干旱拉出 / 一道道豁口 / 麦苗夭折了 / 豆苗夭折了 / 马铃薯夭折了……可你听到了吗 / 百姓心里的呐喊 / 响过雷声 / 他们的汗水 / 不知已是多少场 / 淅沥透雨……”。从“挥之不去的太阳”到“倔强的犁还在田野里穿梭 / 硬把干旱拉出 / 一道道豁口”，再到“百姓心里的呐喊/响过雷声”的诗句中，任何一个人，都能够感知生活在西海固大地上的人们如何与干旱和自然灾害抗争，感知诗人内心深处幸福的疼痛和呐

喊。再如《割麦》一诗:“满山满山的金黄/满山满山的黄金/山塬上的父老乡亲们/用镰刀唱响了/源自心底的/那一声声喝彩/倒下的麦子溢出清香/农人灼热的目光/霎时聚成太阳/五黄六月间/陡然聚集起来的幸福/一捆一捆的/一拢一拢的”。而在这首诗中,诗人把那种幸福的疼痛用“唱响的镰刀”转化为“一捆一捆和一拢一拢的塬上的幸福”,给人以希望的诱惑,让人在倒下的麦香中,看到西海固“金黄”的一面,饱满的一面,灼热的一面……而这一切,都源自诗人的心底,这也是天文诗歌中最阳光、最坚韧、最清雅的一面。

另外,在天文的诗歌创作中,出现了一些无题诗,而这些诗,看似无题,读来却令人心颤。比如《无题》(一)中诗人写道:“风中/树枝扬起手臂/树叶拍起巴掌/雨中/树静默下来/枝叶聚拢成一把伞/树干挺直脊梁/根系紧紧抓住大地/像一位中年人于暗中/付出努力和艰辛/风雨后/枝叶瑟瑟作响/不经意间有水珠悄然滚落/或者从枝干外皮的褶皱里/慢慢洇湿下来/树一晃就成了老头/满载着沧桑和伤悲”。再如《无题》(二)中:“一只麻雀正站在/一株松树的顶端/向着早起的太阳/用尖喙梳理它的羽毛/梳妆完毕/在清晨的第一束阳光里/快乐地跳跃着/啾啾地鸣叫着/谁也不知道/它今天计划些什么/太阳慢慢地爬高/它的幸福慢慢地透亮……”。从风雨中的一棵树,到站在树上的一只鸟,诗人漫不经心地写来,我们不但看到了“满载着的沧桑和伤悲”,也感知到了一种“透亮的幸福”,这是一种无法用语言来表达的人生境界,只能用“无题”了。

这就是一个诗人的睿智,也是青年诗人刘天文的精明所在。

当然,刘天文毕竟还年轻,写诗的时间不长,现在说他的诗歌创作已经成熟还为时过早,只能说他是西海固后续青年诗人中比较有潜力的一位聪慧的诗人。出于关心和爱护,我想对刘天文说几句勉励的话。一是把眼光放低一些,再低一些,俯下身子,深入生活,深入民间,写出更加具有本土情结的“出生地”诗歌。二是要向西海固前辈诗人学习,学习他们的疼痛意识和唤醒意识，学习他们面对同一事物不同风格的表达方式，学习他们对于西海固精神家园的坚守。三是尽量避开别人写过的东西，发现和挖掘属于自己的创作高地。奥地利著名诗人里尔克在《给一个青年诗人的十封信》中说："如果你觉得你的日常生活很贫乏，你不要抱怨它；还是怨你自己吧，怨你还不够做一个诗人来呼唤生活的宝藏；因为对于创造者没有贫乏，也没有贫瘠不关痛痒的地方。生活从来不是贫乏的。关键是我们要更深地去省察、挖掘和发现。"

是的，只有非写不可的作品才是好的。我们只有"让每个印象与一种情感的萌芽在自身里，在暗中，在不能言说、不知不觉、个人理解所不能达到的地方完成。以深深的谦虚与忍耐去期待一个新的豁然贯通的时刻"（里尔克语），才能真正创作出具有本土特色和时代气息的好诗。

我期待着诗人刘天文的"这个时刻"，让我们在诗歌中生出共同的幸福！

（原载《彭阳文学》2012 年第 2 期）

穿越夜色

——读袁治中的《夜行者笔记》

宁颖芳

拿到袁治中新著《夜行者笔记》时，是在一个很冷的夜晚。他约几个朋友到他家吃从宁夏老家带回来的羊肉，并且是他下厨。我因有事晚到。等赶到时，他们一帮人喝酒已喝到酣畅淋漓。

我一落座，便先看他的新书。书封面的颜色是嫩绿色，听说袁治中不喜欢这个颜色，嫌太亮了。我说我喜欢，并对这嫩绿进行了赞美。这绿是生命的颜色，是春天的颜色，特别是在这样一个凄冷的冬夜，这绿多么让人欢愉啊！永远给人希望，给人生长的力量。

《夜行者笔记》分两个部分，前半部分是诗歌，后半部分是随笔。读着他的诗歌，便沉浸在散发着氤氲酒香与诗意的月夜里。几个朋友招呼吃肉喝酒，我只好从他的诗歌里退出来，陪着小饮几杯。袁治中娇小温柔、笑起来很甜美的妻子为我热了羊肉，我又喝了香气扑鼻的羊肉汤，才告辞。临走时，袁治中借着酒力，龙飞凤舞地签了字。于是一帮人分别，消失在茫茫夜色中。

我和袁治中相识晚，大约是去年在博客上认识的。他留言要我的诗集，按他留下的地址我寄了一本。此后文友小聚，见过几次。印象最深的不是他的诗，而是他的酒，因为我从来没有见过他有不喝酒的时候。他豪爽，喝酒痛快，并且酒量好。据他所说，酒喝了后会妙语连珠，会诗意盎然，会灵感涌动。总之，酒喝了后会有月下看美女般的愉悦情怀。

于是，在一个个酒香浸泡、月色漂染的夜晚，袁治中心中的诗意，便一片片葱郁地绿着。如果这是唐代，一定会有这样一幅画面：一个夜行的男子，他右手握笔，左手把盏，对月静坐，独酌，吟诗……袁治中的诗歌中，酒香浮动，夜色沉醉。“我将夜晚灌醉/却失去了整个黎明”（《酒》）。“酒瓶空了/夜色正满……我歌颂今夜/就像歌颂没有被脚印骚扰过的雪”（《应该为今夜写首诗》）。他把对故乡、母亲和亲人的挚爱藏进血液里，把对生活的热情浓缩在文字里。他的笔下有梦萦魂绕的故乡固原，有咸阳五陵塬，有秦岭、渭河，有他走过的串串足迹与脚印。他说，“这是一座烈火与酒精搅拌过的城市/我的故乡……”，“我是飞翔的柳絮/我是飞翔的想回家的柳絮”，“你可以随性选择一个地方/一块秦砖/或者汉瓦/然后坐下来/耐心阅读/这枚历史发给未来的请柬”。

其实，对每个写诗的人来说。因为在这个物欲横流、乱花渐欲迷人眼的年代，一个人终其一生，不能总背负着物质的枷锁前行，应该有精神层面的追求。特别是诗人，总是清醒着，呼唤和强调这个世界的真、善、美，爱、良知、自由……我想，对于守望夜色的袁治中来说，应该也有这样的意义。因为，他的诗歌表达了他的理想与观点。他说，“既然什么也不会干/就做个诗人吧/面对洁白如雪的稿纸/我不会因为饥饿而哭泣”（《选择》）。“我要给心灵的甬道内安装一排灿烂的路灯/于是黑夜成为白天/敌人成为朋友/痛苦成为欢乐/我在文明的嘲笑和误解中/堕落成诗人”（《火浴》）。“我要用目光击穿石质屋顶/让思想之鸟在太阳周围自由盘旋/信念的火把将点燃荆棘/人们最终微笑着/为昨夜举行葬礼”（《生命》）。“大雾的衣襟将我卷入黑夜/我向着光明前行/光明永远在远处/我奋力前行/光明渐行渐远”（《夜行者笔记》）。现代文明嘲讽着诗人，而诗人又何尝不是用诗句在反讽着现代文明？光明渐行渐远，这不是诗人的悲观，正因为光明永远在远处，我们永不能穿越和抵达，所以也将永远诱惑我们追逐与热爱，永不厌倦。而光明也终会引领着我们，走过人生漫漫旅程。

“此刻/我打算骑上毛驴/与生活背道而驰/去乡下，去旷野/去一座不知名的山/追赶正在消逝的晨色……”(《清晨起来》)。也许我们每个人，在心里都渴望生活慢下来，渴望逃离这快节奏的都市，在大自然中放松片刻，感受葱茏美好的诗意。“为了将成行的文字折断/像梯田一样层叠起来/并邀请幸福在犁沟栖居/我思考的进度/逼近背负月光行走的耕者”(《对诗歌的理解方式》)。“有没有朋友在夜色一端/以我的姿势静坐/并用柔软的笔墨/记录挣脱夜晚的抓痕”(《夜生活片段》)。我想，在安静的夜色中，肯定有这样一群理想主义者。

《夜行者笔记》中收入的诗歌多，随笔少。他的随笔自然随意，想到就说，绝无修饰与雕琢的痕迹，是他生活的记录，情绪的片段，内心的写照，有些甚至率真到可爱，反倒让虚伪的人脸红。相比之下，我更喜欢他的诗歌。诗歌是他生命的体验，情感的燃烧，思索的结晶。他的诗歌直抒胸臆，简洁凝练，富有哲思。也许诗艺未必娴熟老道，创作未必达到了某种高度，但是对于我们这些业余爱诗者、写诗者来说，真实地表达着，努力地写着，就已经足够。

袁治中在后记中说，写作是为了让自己舒服，让自己内心和谐。是的，如果写作可以赶走自己内心的忧郁与焦虑，又为什么不写呢？美国作家斯蒂芬·金说，写作是为了让读你书的人生活丰富，也为了让自己的生活丰富。写作，是为了站起来，走出来，好起来，快乐起来。写作是神奇的生命之水，并且这水免费，所以畅饮吧。干杯，再满上。

愿袁治中这个执着的夜行人，在酒香与诗意的缠绕中，且歌且行，畅饮酒，也畅饮写作这杯神奇的生命之水。希望诗歌能像酒一样温暖生命，照亮黑夜。

（原载《彭阳文学》2012年第3期）

赵辉诗集《关山月》序

丁　芒

我致力于中国诗歌总体的发展，提倡新旧诗体接轨、融合，开创现代新体诗歌的道路，并将理论探索与实践试验相结合，已阅二十载，理论上完成了《当代诗词学》体系的建构，实践上创建了“自由曲”新体。我的努力虽得到诗坛不少有识之士的认同，十多年来踵起者纷纷，而且越来越多，终因惰性传统观念之深固，诗词改革很难深化，更不可能一时间掀起大潮。从全局看，还只处于量变阶段，而且还得延续相当长的时间，可以说，诗词改革、建立中国诗歌新的主流诗体，是一场“持久战”，需要几代人的努力。我年已八旬，在我有生之年，能看到其量变因素的逐渐增加，看到向质变的临界点愈来愈近，亦足引以自慰了。因此每有志于斯、钻研于斯、实践于斯的学者、诗人叩我寒门，我总以“空谷闻跫”的心情，跃然而起，热烈地拥抱他们。

赵辉就是叩门者之一。经过几次通信交流，他将生平所作诗，选编成一集，并写了几篇文章，阐其诗观，集名《关山月》，嘱我为序。

读完全集后，我有几点突出的印象，值得一书。

赵辉的诗观是正确的，其基础理论就是：诗是时代的灵魂，文化的精髓；诗人属于历史长河，属于人民大众；诗品因人而异，风格即人，人品决定诗品；决定诗之优劣的根本标准在于读者是否理解和接受；诗词必须改革以适应当代；改革就是发展，发展是硬道理；等等（详见集中《对诗的几个方面的粗浅认识》一文）。一个年方四十、写诗不久的青年，对诗的理解和对诗的前

景的认识能达到如此深度，很不容易。当今旧体诗坛中青年诗人涌现不少，从诗观的深刻性、前进性来说，赵辉应许为佼佼者。

基于诗观，赵辉的诗作呈现如下一些艺术特色。

一、他很注意诗意诗味的自然透出

举例来说。如《彭阳春》是写他所在的宁夏彭阳县人们的建设精神的，他以春风喻彭阳精神。

春风入东山，
千唤不回头。
一路风流事，
杏花满山沟。

全诗用象征手法，把概念(精神)变成一种形象物，把百般千样的建设事项，凝缩在进山种树一事上，把植树造林的时间感和成就感，用末二句全部概括体现出来。廖廖二十字，代替了报告文学的千言万语，却又意味盎然，豪气冲天，耐人咀嚼，激人奋发。这就是诗，这才是诗。

二、表现角度巧妙

举其《久遇心上人》为例：

吾向西山风向东，
心随风去到石村。
牡丹还是当年树，
春风依旧少时同。

走向西山，心却随风去了东方的石村，起句就不俗，却又人人能领会。那牡丹——心上人当还如树亭亭玉立，风貌依然与少年时相同。后两句是猜测，是记忆，是祈愿，可见感念之深。除题目外，没有说清究竟，也没有写出一个“爱”字、“情”字、“恋”字，而作者的情感却在这种翩翩遐想的语言中浓浓地浮漾，却又朦朦胧胧，耐人寻味。

三、意象建构警出

赵辉的诗极少概念化、口号化，多以形象物来表情达意，也就是建构意象，有些意象建构还特别警出。例如《无题》之二：

朔风穿谷百草寒，
东风新雨生又还。
晚霞若肯化作梯，
云路直上亦可攀。

此诗究竟谈什么？作者未肯指实，让读者去猜，去附会。他只为读者建构了“附会”的平台，这就是他建构了警出的意象。你想想山谷中百草，被朔风一吹便衰亡了，被春雨一淋又生还了。假如我能借晚霞作梯，直上云霄，我便可以驱逐朔风，多降春雨。以整体的象征、比喻，建构意象（晚霞作梯，直上云霄，是其“凌云壮志”的象征意象），很明显地表达了他的理念。晚霞作梯是全诗的关键性意象，因为非常具体、实在，人人可见、可思、能解，因此感到非常警出。

四、尾句韵味绵长

赵辉集中也有写得平淡如水的诗，但有的诗因尾句下得好，便使全诗韵味顿出。例如其《途经王洼借宿遇雪》：

借宿王洼一村落，
农家庭院少瓦房。
夜半寒炕无睡意，
户外如昼正飞雪。

前三句纯是叙事，并且写得平淡无奇，但末句一出，全诗顿活，读者从末句似乎突然领略到诗人的心理境界。这和卢纶的“月黑雁飞高，单于夜遁逃。欲将轻骑逐，大雪满弓刀”一诗尾句的阅读效果是相似的。

以上举例只是为了说明问题，集子中还有一些类似的诗就不一一列举了。总之，我认为赵辉懂诗，有诗感，善于运用象征、暗示、含蓄、朦胧等手法来传达诗意，强化韵味，有的还运用得很成功。这比当代旧体诗坛大量的只知推敲格律而不知真正的诗为何物的诗人，委实要高明许多。然而，我却可断言，赵辉的诗不会受到他们的认可。除开上述艺术表现方法，主要是不合格律，就会被认为“硬伤”，而偏偏赵辉又爱用格律森严的五、七言的律绝形式写诗。

赵辉自言他是以“合则为格律，不合则自然为新古”这一法则来写诗的。依我看来，突破格律是诗词改革的必然。在当代，在向新体诗歌发展的时候，没有必要再加固这森严的格律堡垒。但连我这写了一生诗并且力主改革的人，最近接到一篇专门批评我一组诗何处何处不合格律的文章，我只好苦笑。赵辉此集一出，会受到不少批评，可想而知，赵辉大可不必介意。不过，我还是要嘱咐赵辉：

一、在诗的内容方面，继续发挥你的优势，继续努力写富有诗质的真正的诗，不要左顾右盼，同时，要多读多写，要强化自己的文学基本素养。

二、在形式方面，要注意语言的纯净化，加强口语化，注意语序、语流的顺畅，力避陈词烂调和古奥生涩。不必墨守五言七言、四句八句的律绝体式，以免误解，也便于放开手脚，解放自己，走向更大的自由，这样也可以相对减少一些误解，自己也可以放开手脚创建新体。还希望努力提高语言素养，多从生活中吸收口语精华，使以后的作品进一步突出民族化、大众化、现代化。

（2004 年 8 月）

下篇

出于幽谷　迁于乔木

——西海固文学断想

虎维尧

在全国，固原的经济排名是落后的，这与无法选择的地理环境息息相关，没有选择，但可以改变；没有沧桑巨变，但可求循序渐变；物质贫困，但可以从精神上寻找奋进的力量。固原人默默地耕耘，潜下心来，从个体的心灵史中向世人呈现艰辛的、多难的、迟缓的、刚强的、硬气的、抗争的品格，风云际会，应者云集，一时形成有全国影响的"西海固文学现象"。我们也要看到一个文学块团的形成不但是有了创作就会形成一种气象，一种现象的浮沉是多种合力的结果，文学流派、文学现象也不出此通例。全国著名文学史研究理论专家、博士生导师王钟陵教授指出："其横向展开是写作、阅读、评论多种因素，借助于家族、乡邦、师友种种社会组合及高层知识圈和一般文化圈（亦即雅与俗）之间的交流……在这种交流、交织、反馈的综合作用下，往往形成弥漫一时的艺术峰会。"西海固文学现象的形成与宁夏师范学院的部分老师、学生不遗余力地参与、推介、宣扬有着密不可分的关系，现在西海固文学的浪涛涌起，师院起了一定的推波扬流作用。

可以说，不是西海固的贫困促成了西海固文学的生成，而是由一个个热爱文学的个体用他们的理想、用他们对文字神话般的虔诚和年青的生命体验织出了一段段幽婉曲深的生命之歌，终至于形成了西海固这个文学块团。文学集群的形成不论是对于地方政府的文化景观营造，还是对于胜代遗泽的创设，抑或是对于个人立言建功实现名垂一时乃至成为不朽之盛事，也是极有意义的。但一个文学集群的形成如果不能很好地突破自身的狭隘性，画地为牢，因陋守旧，往往很难拓展、浮升到全国层面，如对文人行为和文人存在的自恋、缺乏生活体味的空泛滥情、拘执自我的长吁短叹，抑或是对贫困的反复赏玩乃至以此为资本。富于深沉的理思会使我们认识到地域文学集群的形成及其特色的张扬，关键在于能否突破两个条件。一是这一文学集群在文学主张、审美情趣上是否具有一种独特性。并且，这种独特性关涉人的存在思考是否具有向全国覆盖的价值？是否适应了文学史向前发展的需要？此外，这一文学集群的创作，是否有与某种社会心理、审美习尚合拍的地方？二是交友，一个文学集团要突破自身的狭隘性，则自必要扩大交际面。一种文学主张、审美情趣的影响之扩展，自必要求有桴鼓相应者。当然，关键还在于第一项条件。

从西海固区域文学浮升乃至在全国有一定影响的文学现象，既要看到宁夏作家群体相互激赏、协同并进，又要看到一个文学块团的衍生、成长、挺立，除了文学评论的大力推介和文人间酬唱提携外，必须依赖个别创作亮点的提升。1989年毕业于固原师专（今宁夏师范学院）的石舒清，他对命运——个体以及与他并存在这块土地上的同伴无可选择的场域——西海固艰难的抗争和抗争的无奈，由超越无果后生发出对人类有限性的悲剧性思考。在他的小说中，有王安忆“三恋”的叙事策略，娓娓道来，幽婉蕴藉。像《清水里的刀子》，其艺术水准就在于对人珍念生命善举的召唤和对人类有限性的诗意咏叹。人并不是无所不能，虽然在工具理性方面，人类的智能拓展似乎还有很广阔的天地，但人类对于自己的生命选择的节点，与其他动物相比在某些方面仍有很大的距离。一头温驯辛劳的牛在劳作了几十年之后，虽不至于筋疲力尽，但也趋于生命的黄昏了，它一如既往地日出而作日落而息。某一个瞬间它竟直觉地在它平常饮用的清水里看到与自己性命攸关的那把刀子，一下子了悟到自己的生命只有最后的三天了。不像人那样死也要吃个饱肚子，它水一口没喝，草一口没吃，"宁静地站在那里，像一个穿越了时空明彻了一切的老人。它依然在不缓不疾、津津有味地反刍着，它平静淡泊的目光像看见了什么，又像是什么也无意看。""看到清水里的刀子后，就不再吃喝，为的是让自己有一个清洁的内里，然后清清洁洁地归去。原来是这样的一种生命。这种震骇、这种灵敏、这种无言可通又无所不通的悟性不正让人无地自容吗？马子善老人泪水在脸上流着，喃喃地说："你比我强。你知道你的死，可是我不知道。"面对人的有限性，一个文化水准不是很高的老农，由与他共生几十年的老牛的去世顿觉生之无常和切近的死亡意识；一个无视动物生命意识和情感的庄稼人，由与他共劳作若干年的老牛因慎终目的而遭受杀戳前凝定端正的举念，生发了虽自许甚高的人所显现出的自私自利和浅见拙识。人类迷失的不仅是在物欲竞争中的人与人的疏离，而且更重要的是人与自然和动物疏离，人只知道索取而忽视了应有的亲合，"他觉得有些罪过，把这么了不起的一个生命竟忽略了，竟像畜生那样役使了它几十年"。疏离了这些的人类只能陷入无休止的自责和深深的无可援救的孤独之中，这是启迪也是惊骇。德国孙志文教授在他的《现代人的焦虑和希望》中指出现代人的焦虑中最严重的就是与自然的疏离和与社会的疏离，石舒清就以感性的小说显现了现代人生存的这种焦虑，这种人性的孤独感，这种在物欲泛滥时代精神放逐背景下的自我反省别有意味。

1974 年出生，1995 年从固原师专中文系毕业的高鹏程，为了个人的安身立命毅然和自己的同学前往与自己成长背景截然不同的滨海小城——浙江象山石浦镇。在那个言语不通、饮食迥异、习尚差异的氛围中开始人生的博弈。他常常凝视着潮来潮往，不歇地游走于学校、新闻机构和政府部门，变动地结识着学生、教师、学友、渔民、行政人员、媒体同行，眼前闪烁倏忽的的渔民与风险相生的巨额回报和往来熙攘为利营营的各色人等，十余年的行走，十余年的奋争，现在应该说有了很好的局面。然而今年他发表在《人民文学》第 4 期占三页版面的组诗《中年气象》，看到的不是志满意得的快意和人生回眸中的庆幸，却以而立之年沉重地慨叹心比身先老，“我们多么疲倦/我们脸上不再有前途、命运和股票的表情”；“躺在床上，索性让它变成一面鼓/一肚皮的不合时宜/随着女儿小添添兴奋的拍打/轻轻发泄”；“亲爱的，我们结婚刚刚三年/却像一对年老的夫妻/我们紧密团结在以油盐柴米为核心的/幸福生活周围/我们相敬如宾又彼此疲惫”。诗性消解后的庸常生活、青春摧蚀后的无奈、追物逐欲间歇无可阻挡的慵倦和疏懒、个人理想与时代剧变难以融通的困惑等都在诗中表现出来，他的感慨来源于时代洪流对个体无可选择的裹挟，他的沉吟衍生于人在自我认同中的惶惑与惊惧。刊于2006年12月号(上)的组诗《海边书》中仍承袭了他一贯的意绪：瞬间的警醒与过程的遮蔽以及由之产生的困窘。“我看到深海的一朵小海浪　它走了那么久/终于在临死前　开出它/转瞬即逝的绝美的容颜”，“而现在，它让一个成年人/在生活的逼迫、和内心的失落之间/寻找着平衡——/它两边的潮水主要由疲倦、热爱和伤感构成/其中蕴含着住房、家人、领导、应酬等众多的沙粒”。在人潮如流的行走中，在嘈杂喧嚣的涌动中，稍作停息，聆听诗中的召唤，我们难道不会感到同样的存在的遗忘与异化吗？警醒是一种惶惑，糊涂又感受到一种生命中不能承受之轻，看起来是生存的二律背反，实际上诗中所昭示的本质的问题在于后现代文化语境下人失去了平和的心境。

从西海固作家群到融入宁夏文学林，终至于浮现为全国文学中的一个亮点，仍需做进一步开掘的主题还很多。对于题材的选择而言，西海固的贫困不是言说的主要资源，口号式的抗争也难能赢得灵犀相通的共鸣；对生存境遇和生存文化无可变更的焦灼也很难成为有效的材料。因为这些东西不是一朝一夕所能改弦易辙的，急功近利和速想速决的结果生出的只能是不平之气与满腹郁闷，地域性资源很可能不具备深掘的意义。文学既是历时性的也是共时性的，历时性是它要有历史的穿透力，它要能引起更久远时代读者的阅读和共鸣；共时性是它既能在当世给作家换取现实的回报，又能从时代的喧嚣中脱颖而出，为时代营设一道风景。一个优秀的作家就在于能将这两者完好地结合起来。不论是时尚关乎国计民生的弱势群体还是“三农”问题,抑或是带有传奇性的边缘化生存问题,这些问题的解决都不仰仗文学的方式来解决,尤其在这样一个泛娱乐化的时代中,那些以文学方式反映的问题自然会被以娱乐化的心态来接受并被消费掉。从文学的工具论出发可以说这些问题借助文学会产生一些影响,历史已经证明:文学只是一种话语,一种间接的信息资源,它不是解决现实问题的灵丹妙药,它是直指人性并与人性的优点和弱点的映现相关涉。黑格尔曾言艺术与其说是外部冲突的化解,毋宁说是与自我内在的和谐。20 世纪的文学实践也有力地告诉我们:文学曾多次试图干预社会、革新社会弊端,但都没有很好地达到预期的规设。程光炜在《小说的承担——新世纪文学读记》(见《文艺争鸣》2006 年第 4 期)一文所言:“小说家承担的应该是它本来应该承担的‘娱乐’和‘美’。这已形成眼下许多文学家的共识。”

流动迁逝的生活以及在这些潜流中所涌现出的生命感悟乃是文学生生不息的根基，从平常生活中发现美和意义也正是作家的使命。世界本无意义,但诗人的发现却给世界填充了意义,尽管这个意义在今天看来已经显得有些可笑。我们仍需认同文学是一种心智活动,文学文本的产生与心智的付出有密切的关系,付诸了娱乐收获了消遣,付诸了近利收获了浏览,付诸了意念收获了会心,付诸了丰郁的凝思就会收获顿悟后的慰藉。西海固文学的繁荣兴盛正在于诸作家将更富于理思的心智融了进作品中，在现实的利益和长远效益的磨合中创作出宁夏文学林中根深叶茂更有意味的佳构来。

（原载《彭阳文学》2007 年第 2 期）

边塞诗词中的固原

张　嵩

边塞诗最初起源于反映西北边境战争的诗歌作品。周秦汉魏是它的初步形成时期;六朝至隋唐是它逐步发展并走向成熟的阶段;到了盛唐,它的艺术成就则达到了顶峰。边塞诗虽起源于反映战争,但通过历代诗人的努力,它逐渐拓展到了描写边疆的各种题材,边塞风光、乡土习俗、民族风情以及社会生活的方方面面尽入边塞诗中,可谓异彩纷呈、蔚为壮观。边塞诗随着时代的发展而演进,自唐代至现在,其形式和内容已发生了很大变化,边塞诗的主旋律却没有变,它始终是意气奋发、高亢激昂的,并与爱国主义精神紧密结合在一起。由于固原地处西北边地,自古至今,有许许多多的诗人在这块土地上留下了他们的作品,也为固原增添了无数光彩。

一、固原特殊的历史地位为历代边塞诗词中有关固原题材的创作提供了必须的外部条件

众所周知,地处宁夏南部山区的固原在历史上有着十分重要的政治、军事和文化地位。早在2800多年前,周宣王派大臣尹吉甫领军北伐猃狁部族就到过当时称之为“大原”的固原。《诗经·小雅·六月》对此有记载:“薄伐猃狁,至于大原。文武吉甫,万邦为宪。”在此后漫长的历史岁月中,秦皇汉武或出巡边地,或祭山拜岳,都曾过萧关,登六盘,临固原;北魏时开凿的须弥山石窟是中外文化交流融合的佐证;1041年宋夏激战好水川;1227年一代天骄成吉思汗在率军攻打西夏时避暑六盘山并驾崩于此;明时固原是九边重镇之一；清至民国固原更是与一些重大历史事件和人物关涉。固原古老而悠久的历史因而在历代边塞诗词中都有比较集中的反映。据地方史料记载，除去《诗经·小雅·六月》比较早地提到固原之外，从汉至民国，2000多年间，历代有名有姓的诗人词客留下的有关固原的诗词就达120多首，包含了古代民族、朝代、人物、地名、关隘、战争、风情、民俗等诸多方面的内容。固原以南50公里是古代著名的萧关要道和六盘屏障，是北方通往长安必经之险关要隘，城北10里是战国秦昭襄王修筑的用于“拒胡”的秦长城。固原地处边陲十分重要的军事地位，是历代边塞诗人们创作和吟诵的主要题材，这与当时边患频仍的战争环境是紧密相关的。当然也说明了固原作为历代王朝边关重镇和临近黄河流域历史文化名城地位的不可替代性，这也为诗人们的创作提供了天然的和必需的外部条件。但应该看到的是，其中关于固原的大部分诗作描写的都是边地的悲怆与荒凉，战争的残酷与血腥，而对固原这块热土更深层次上的把握和全方位的描写并不多。新中国成立以后，有关固原新边塞诗词的创作应该说在前人的基础上有所突破和发展，要说产生一些影响，这还是近几年的事情。后面，我还要专门谈这个问题。无论怎样，时光交替，青史留名。固原，这个古老而神秘的地方，令多少人慕名前来访古探幽，感受岁月的沧桑和历史的厚重。我想，这或多或少地与历代诗人们的吟诵是分不开的。

在现代边塞诗词的创作中具有划时代意义的是，1935年10月红军长征翻越了最后一座高山——固原境内的六盘山，毛泽东同志满怀北上抗日的革命豪情，面对郁郁葱葱的崇山峻岭，寄景抒情，构思了气势磅礴、雄浑豪迈的《清平乐·六盘山》这一光辉词篇。今年是抗日战争胜利60周年、红军长征胜利70周年，重温毛泽东同志《清平乐·六盘山》一词，意义更加深远。我个人认为，这首词除去大家平时分析的意境之外，它更是一首激励红军战士奔赴抗日前线的动员令和向全国人民发出的保卫长城、去打击侵略者的号召书。词境开阔，寓意深远，全无一丝古代边塞诗词中的凄凉悲壮的气息，

为现代边塞诗词的创作开辟了更加广阔的道路。毋庸讳言,《清平乐·六盘山》一词极大地提高了固原的知名度和美誉度,许多人就是因六盘山而知固原的,可见一首著名诗词的作用是非常大的。

二、固原深厚的文化积淀为历代边塞诗词有关固原题材的创作提供了必要的文化养分

历史上,固原是丝绸之路东段北道必经之地,处在中原文化与北方游牧文化的交汇点上。各种文化在此几经交流融合,积淀深厚。历代政治家、文学家有关固原的诗词流传下来的不少,这在西北边远地区是一种并不多见的文化现象。著名的有汉乐府《上之回》、卢照邻的《陇山诗》、王维的《使至塞上》、王昌龄的《塞下曲》、张籍的《将军行》、扬一清的《开府行》、李梦阳的《胡马来再赠陈子》、吴梅村的《送朱遂初同年宪副固原》、谭嗣同的《六盘山转饷谣》、于右任的《固原道中》、毛泽东的《清平乐·六盘山》等。这些诗词都以固原境内的人、事、物为描述对象,或抒情咏怀,或写景寓事,在不同程度上表达了作者的思想感情。但对于以战争为主要内容的描写还是占有较大的比重。如"回中道路险,萧关烽堠多。五营屯北地,万乘出西河"(汉铙歌《上之回》),描写了汉代边地战争频繁,萧关一带多是烽火烟台并有大量驻军的情景。"弹筝峡东有胡尘,天子择日拜将军"(张籍《将军行》),弹筝峡就是固原的三关口峡谷。当时正值安史之乱,吐蕃乘机内侵,陇右数十县相继陷落。为此,皇帝择日拜将,兵发萧关。描写的也是与战争有关的内容。其他的如明代陕西三边总制杨一清的《开府行》:"旌旗昼拂烟尘开,钲鼓动地声如雷。"李梦阳的《胡马来再赠陈子》:"闻道南侵又西下,韦州固原今有无。"等等。也有描写边地风光和自然景色的,大都包含在战争题材之中。如王维《使至塞上》中的名句:"大漠孤烟直,长河落日圆。"王昌龄《塞下曲》中的:"蝉鸣空桑林,八月萧关道。出塞复入塞,处处黄芦草。"等等。另外,还有一些描写民间疾苦,关注百姓生活的诗作,如谭嗣同的《六盘山转饷谣》,于右任的《固原道中》等。这类题材不是很多。总之,是历史上所处在特殊地理位置上的固原为边塞诗人们提供了较多的写作题材和必要的文化养分，这是必不可少的内在因素。同样边塞诗人们也为今天的固原留下了一份宝贵的精神财富；反过来讲，也对形成固原浓厚的文化氛围产生了很大的影响。这也是多年来我们一直为这块土地感到自豪的原因，前代诗人们的辛勤付出深深地感动着我们，在今天我们更应该倍加珍视这份不可多得的文化资源，去继承和发扬，而不是背弃和遗忘。除历代诗词外，各种产生于此的各类文章以及神话、故事、传说、寓言等等，更是数不胜数。时至今日，民间文化之乡、西海固作家群仍然在显示着固原强大的文化底蕴，这种文化现象代代相续，从无间断。这自然也为我们现在仍然从事诗词创作的人们提供着更丰厚的土壤和更丰富的营养。

三、有关固原题材的新边塞诗词的创作与展望

边塞诗词所表现的对象以西北边疆为主，近年来虽具有了一定的开放性、包容性和广泛性，但历史延续与继承的基本主体变化不大。宁夏地处西北，生活在这里的诗人们都在自觉不自觉地从事着边塞诗词的创作，这也是诗人们义不容辞的责任。固原有宁夏的半壁河山之称，宁夏的边塞诗词创作，无论是作者还是作品，都不能没有固原。新中国成立以后，有关固原题材的新边塞诗词的创作虽有，但为数不多，影响有限，主要以新体诗为主。进入 20 世纪 80 年代，有关固原题材的新边塞诗词的创作才逐渐走出低谷，开始呈现出强劲的发展势头并在前人的基础上有所突破。一是固原以外诗人的不懈努力，包括区内的和区外的诗人，主要是区内的诗人，这是主流；二是固原当地诗人的创作，这个群体很弱小，还需要培养和扶持。无论从创作还是发现培养人才，在这方面做的贡献最多的当数秦中吟先生。从他先后出版或主编出版的《朔方吟草》《塞上新咏》《中华当代边塞诗词精选》《中国西部开发诗词大典》等著作中我们可以看出，他个人创作的有关固原的诗词就达数十首之多。如《六盘山今昔》《毛泽东过六盘山》《红军长征胜利 60 周年放歌》（三首）、《阳光灿烂耀西吉》（三首）、《泾源竹》以及《水调歌头·固

海扬水》等。其情其心，可见一斑。由于篇幅关系，具体作品我就不一一展开分析了。经他手编发的有关固原的诗词就更多了。最难能可贵的是他对固原当地诗人的关心和培养，不论是古体还是新体写作的诗人，许多人都是在他的扶持和奖掖下走上诗坛的。可以说秦老师是诗坛不可多得的伯乐。其他诗人如李增林先生的《丁丑仲夏过老龙潭》，崔永庆先生的《萧关道》《古雁岭》《长城塬引水工程》，吴淮生先生的《夜宿六盘山电视转播台》，黄正元先生的《访西吉聂家河村》，崔正陵先生的《固原行》（二首），刘剑虹先生的《退耕还林还草好》，马志凤先生的《固原行》等，都饱蘸浓墨，满怀激情，从不同的角度和层面上对固原进行了描述和赞颂，在一定程度上宣传了固原，扩大了固原的知名度；同时也促进和带动了有关固原题材的新边塞诗词的创作。固原当地的一些诗人，如海军、虎西山、王怀凌、单永珍、杨建虎、王凤笙等，他们始终用手中的笔，或古体，或新体，在不遗余力地歌颂和吟唱着脚下的这片黄土地，并取得了喜人的成绩。有关固原题材的新边塞诗词的创材除了继承以往边塞诗词中爱国主义的主基调之外，涉猎的领域更加广泛。主题鲜明，积极向上，贴近生活，关注民生，地域性、民族化的创作趋向和诗词审美意象的独特性也越来越明显，这使我们从中看到了很大的潜力和希望。

西部大开发如春风春雨，滋润着固原的山川大地。几年来，经过山区回汉人民戮力同心、不懈努力，终使固原的面貌发生了深刻变化。尤其是国家制定的种草养蓄、退耕还林政策正逢其时，现在固原的山也绿了，水也清了，植被得到了恢复，干旱少雨的状况得到了缓解，城乡四处焕发出了勃勃生机，真是满目青山绿水，无限诗情画意，这无疑给诗人们的创作带来了前所未有的机遇。展望未来，我们信心十足，我们将怀着对诗的一片真诚和热爱，去不断地追求、不断地创新，力争把固原的边塞诗词创作提升到一个新的高度。

（原载《夏风》2006 年第 4 期）

人性本真的诗意描写和审美观照

——郭文斌短篇小说《吉祥如意》探析

徐安辉

叙写乡村生活,在中国文学的历史长河中源远流长,但无论是古代乡村题材的作品,20 世纪 20 年代兴起的“乡土小说”,还是五六十年代以赵树理、周立波等为代表的“民族化、大众化”的乡村叙事,80 年代“知青作家”的农村生活表现,总免不了以知识分子的身份和思想感情观照乡村。更由于传统文化精神潜在的影响,或者由于对农村生活,农民阶层的生存状态、精神状态缺乏彻骨的感同身受,乡村原原本本的、具有泥土般的质感的存在,“农民本然的个人的生存状态与感受”,“乡村社会芸芸众生那各异而活生生的生命世界被貌似深邃的历史理性所遮蔽”[①]。对于一个成熟的作家来说,对现实生活的还原与超越是建立在其切身体验及深切感受的基础之上的,作为“西海固”贫瘠黄土地上成长起来的青年作家郭文斌,虽然跨越了传统乡村到现代都市的地理空间,经历了社会发展的不同历史时期,拥有了“智识阶级”的身份,但其在心性和感情倾向上,对乡村的古朴、本真和宁静却始终怀着温馨暖爱,对乡村社会自在而又真纯,绝少世俗熏染的生命状态及在艰苦生存环境中,乡民心态的乐观旷达和精神狂欢,有着高度的敏感和创作热情。他的乡村题材小说,以诗意的感动情怀,把汉语普通话和纯熟而恰贴的乡土语言有机地结合,质朴、精练、新奇,达意细腻而具内蕴,并选择纯真天然的儿童视角,在对乡村日常生活琐事的还原描述中,呈示被遮蔽的乡村社会本真及许多有生命力、启示力的东西，为我们创造了超越小说故事情境，审视大西北人的生存状态和精神状态的独特审美空间。郭文斌乡村题材小说的这种写作风格在当下文坛无疑是独树一帜的。

2005 年 5 月，郭文斌将其公开发表的短篇小说精选为《大年》，由宁夏人民出版社出版，其中的乡村题材小说“以清新细腻、空灵飘逸而又略带感伤的笔调叙写记忆中的多情乡土，写成长中的童年趣事，写‘老家’那片土地上清纯、朦胧而又多错位的爱情”[②]，如《大年》展开的是西部乡村过年写春联、上坟、吃长面、泼散、分年、灯笼贴窗花等民间文化习俗的琐细描写，许多看似无事且富戏谑性的细节，无不揭示出明明和亮亮一家人的物质生活景况和精神世界。生活虽然艰难贫苦，但他们却有着坦然、宁静的内心，有着善良、崇高的价值选择，夫妻、母子、父子间所体现出的亲情和正直素朴的人情美，对作为人的本质的理解和尊重，呈现出乡村伦理世界的古朴、庄严和神圣，并滋润着乡村孩子单纯质朴的心灵；《三年》以西海固地区古老的民俗“烧三年纸”为题材，主要人物是两个儿童，并通过他们（明明和阳阳）的所见所思所想，把对死者的祭奠活动和对生者的生存状态及精神状态的揭示，有机而巧妙地交融起来，在儿童的意识世界里展现出乡村生活的纯粹，揭开了西海固人面对严酷惨烈的生存环境，遭遇艰难困苦命运时的精神真相。事实上，西海固人并非像福克纳《喧哗与骚动》中所说的是“在苦熬”，尽管困难仍然与生相伴，可是他们的内心同样有着面对生活的超然与平静，不自觉地寻求一种能超越不可为的现实，从而获得精神上的绝对自由与自在解脱的生命支柱。艰难生命过程中对未来的幻想和希望，无疑是他们自由自在及精神狂欢的内在根源，这是西海固人生命力中的核。儿童视角的选择及其心理的在场，不仅是叙述的策略，它更体现为人物的乐观、智慧和平等思想，且富有喜剧色彩。作者对阳阳看似“无知”的细节描写背后，凸现的却是他生命的自然健康和纯真，既与文本中又与文本外的世俗社会的成人世界构成了鲜明对比，使其成为美好人性的象征。作者的理性在于既肯定了西海固人民面对艰辛苦难的精神狂欢，又看到了他们所承袭的落后文化观念和被世俗同化的庸俗和病态，于是借阳阳之口发出了“活着的人是生的，死了的人是熟的”的蕴意深长的慨叹，而在小说文本的深层结构中，寄予了作者希望人们返璞归真，尽可能保留儿童纯真、自在的天性，远离世俗与尘嚣，达到“结庐在人境，而无车马喧”的境界，超脱生死，成为一个“熟的人”，胸襟开阔坦然乐观地面对一切；《我心中的雪》是一首有关爱的凄婉的歌谣，作者把“文革”时代的政治话语和“我”与杏花童年纯洁的两情相悦交融在一起，以调侃的方式揭示特殊时代政治意识对人们日常生活的深刻影响，对纯洁心灵的扭曲和异化，对优美、健康以及与人性和谐相融的精神生活的压抑。“我”与杏花有情人未能终成眷属，真诚相爱而不能长相厮守，既是时代的悲剧、社会的悲剧，也是人类爱情生活中普遍存在的悲剧，而当这种真爱在人为外力的挤压下，灵与肉不能交融而成为无奈，美好的记忆和情感就成了永远的“心中的雪”，圣洁而略带冰凉。在郭文斌这些精致而意味悠长的乡村题材文本中，作者不以观念代替现实，形象适应观念，也不用一般道德关于善恶美丑的观念对乡村人事进行解构，只是忠实地依着对乡村生活细致的观察、体味和感怀，客观率真地叙事、写人，使原生态的乡村生活层面，异样而新鲜地展现在读者眼前。《吉祥如意》则再一次显示了郭文斌乡村叙事小说的独特审美风格和艺术魅力。

《吉祥如意》最初发表于《人民文学》2006年第10期，后被《小说选刊》2006年第11期、《小说月报》2006年第12期、《新华文摘》2007年第2期全文转载，在获得2006年度“茅台杯”《人民文学》奖之后，又获得《小说选刊》“贞丰杯”2003~2006年度全国优秀短篇小说奖，在获奖的10个短篇小说中《吉祥如意》位居榜首。与作者以往的乡村题材叙写相比较，这篇小说的主人公仍然是儿童，并以他们尚未遭受现代世俗生活的围困和挤压，生命的天然、纯真和美好为观照生活的视角，但在如何把短篇小说写得蕴意深长，既有一定的故事情节的可感性，又让自己的形而上的哲学思索，对人生的

感悟、理解从故事的机理中自然地“生长”出来，作者是颇有用心地建造自己的“希腊小庙”。“真正的艺术是超越美学的，它提供的是一种精神势力，是对人之存在的最终解答。”[3]从表象上看《吉祥如意》写的是乡村古老的传统民间风俗，在这个意义上我们有理由把它视为民俗小说，但事实上作者的目的，不仅仅是为了再现端午节这一天发生在乡村的吃酒香四溢的甜醅子、家门上插柳枝、花馍馍供神、戴花绳香包、上山采艾蒿等富有地域色彩的习俗，在深层结构中，作者以精巧别致的艺术构思，在有限的篇幅内包容了丰厚的内涵，既富有生活的情趣，又具有幽深的意蕴。小说在叙事策略与技巧上很是讲究，把过去和现在交织在一起，叙述含蓄且富有儿童趣味，没有编排曲折离奇的故事情节，只是凭借自己的敏锐和细腻，选择“过端午节”这一小而富有诗意美感和艺术张力的切口，对极其普通的乡村节日活动流程做细致的描述，通过人物在特定环境中的心理活动的揭示，深入开掘其中的底蕴。应该说小说的主体是五月和六月姐弟俩，而重点则在六月心态的细腻呈示，并把民俗、民情、人性天然融会。六月是一个还未被世俗观念同化的纯真孩子，他有着天真、幻想、灵性、自由的诗性思维，作者正是利用了这一特点，真切地触摸到了人的灵魂世界，传达自己对生命存在的思索和感悟。在六月看来，节日时整个村子笼罩在蒙蒙的雾里，大门上插了柳枝的巷子活了起来，充满了生命的活力，柳枝散发出的清香，更是让人陶醉，此时此刻所唤起的是“美”的体验及由环境美所引发的美的情感。吃供品花馍馍一段写得很细致，“先从中间的绿线上掰开，再从掰开的那半牙儿中间的红线上掰开，再从掰开的那半牙儿中间的黄线上掰开，给五月和六月每人一牙儿”，这是祈求吉祥如意的供品，凝结了乡村人心底的美好愿望——抵挡“歪门邪道”。六月希望天天吃供品的理想，折射出乡村人的朴素情感，他们质朴的心灵渴望一切美好长驻人间，与生命存在相随相伴。端午戴花绳和香包，在小说中的两个稚嫩孩子的意识中，他们接受了善良母亲的说法，把绑花绳和避蛇咬直接联系了起来，尽管他们吃了供品，胳膊腕上有了如同“布下了百万雄兵”的花绳,可当谎称有蛇或真正遭遇蛇的时候,他们还是惧怕了,甚至六月被吓得尿了裤裆。六月凭直感开始怀疑娘的说法,而五月更愿意相信真正的毒蛇在人的心里。姐弟俩对香包的争夺,对其飘溢而出的香气的贪婪吸咽,相互戏称蛇"就像个你""你就是一条美女蛇",以及由此而产生的"人的心在哪里""人怎么就这么喜欢香呢"的疑问,在深层结构中,我更愿意把它看成是具有隐喻意义的抒写,它触动的是我们对人自身本质的思考。人是社会的动物,既有自然属性的一面,又有社会属性的一面,社会性是作为人的本质。问题在于人在社会化的过程中,如何坚守原朴和纯真,用真、善、美战胜假、恶、丑,以爱战胜恨,温馨战胜野蛮。"人的存在是有位格(personality)的存在,这个位格决定他是一个有理性、有道德的人,他的存在是有规范的存在。人的高尚、爱、正义感和美等,都是从那个位格而来的,这就是人与动物的区别:人有位格(人格)而动物没有。人一失去这个位格的保护,人性就必然向兽性发展"④。人有热爱美、追求美的存在的天性,也有在欲望役使下引发的蛇蝎般的狠毒,这种存在于人性中的两极之间的矛盾和冲突,必然使生命存在呈现不同的样态,形成复杂多样的文化人格,甚或是在"到山顶上去"的时候,要不失却未被世俗生存环境异化的纯真善良之心,以美塑造人格,激活人性光辉,"让一种要比香包上的那种香味还要香一百倍的香味",驱逐心中的毒蛇,让至善圣洁的人性之美普照人类的内心世界。

在经历了真正的蛇和香包奇香的较量,毒蛇远去之后,六月完成了一次灵魂的洗练净化,怀疑从单纯的心底退却,他坚信香气能够驱走毒蛇,美能够战胜邪恶,多行善事,永葆心灵世界的纯洁,毒蛇就永远无法近身。心底无私天地宽。此时的六月感觉到从未有过的"大家"的美好,人人都是那么可爱,就连平日里憎恶的人也变得顺眼了,他要把与姐姐争抢过的包裹着美好和期望的香包送给白云。浓雾散去后的山村和朝阳下的大山所呈现的美景与把吉祥和如意送给他人的六月的美好心灵相交融,让人陶醉并感叹大自然对人的性情的陶冶,也使得六月自己"心里美得有些不知所措"。作

者通过互文结构的艺术构思，赋予了晶莹的露珠以多重意蕴，它既是太阳的儿子，又是大地的女儿，集天地之精华，是至纯至真的美的最高境界，而称其为“蛋蛋”，表明了人对此的由衷热爱，再与母亲唤五月六月为“蛋蛋”相联系，互为阐释蕴意，从而建立起人是万物之灵长，其心灵世界也该是至纯至真的内在关联。露珠在阳光的照射下消逝或被大地娘娘收去，它的“死”意味着其生命的再度升华，“死”而复生后则纯之又纯，美之更美，但至美又是脆弱的，它经不起任何的玷污和摧残，“在这个世界上，美，实在是太短促太脆弱了”[5]；纯洁的孩子是美的，但在其生命的旅程中，它又是极其短暂的一个阶段。人在社会化的过程中，心灵一旦被世俗和污浊侵蚀之后，就再也难返原朴重归真纯，这是生命自身的存在悲剧。作为经历了人生风风雨雨的作者，深切地体验到生命运动中可能出现的人性的堕落，他甚至有些心痛地怀念至纯至真的童男童女的美好，也呼唤着一切美好的事物，包括人的美好心灵，不被破坏毁灭，不被世俗浸染而异化，甚至走向人的反面。从这个意义上说，这是对人之存在的终极关怀。

当艾包含了天之子的太阳蛋蛋和地之女的露水蛋蛋之后，这时候采到的艾才叫“吉祥如意”，“采艾就是采吉祥如意”，作者在这里显然赋予了艾以象征的意蕴，是其为疗治人类精神疾病而开出的良药。荣格曾说：“世界发展的趋势显示，人类最大的敌人不在于饥荒、地震、病菌或癌症，而是在于人类本身，因为我们没有任何适当的办法来防止比自然灾荒更危险的人类心灵疾病的蔓延”[6]。在作者的人生体验中，坚守纯洁的童心和对美好的挚爱与追求，是清除心灵的废墟，阻止精神沦落、人性异化的有效途径。这正如他在散文《点灯时分》中由于对生命的感伤而发的慨叹：面对世事的喧哗和骚动，要“披拨红尘”，“于纷繁中守持宁静”，回归到“生命的朴真”和“那盏泊在宁静中的大善大美的生命之灯”，回归到“那个最真实的‘在’”[7]，只有这样生命的存在才会和谐幸福、吉祥如意，人类的未来才会健康、吉祥如意。

“一个人的写作面貌，在许多时候，往往是被他的天性、世界观所决定的"，"朴素、简洁、深刻，永远是作家的高尚美德"[8]。在走过了人生四十多个春秋的生命征途后，郭文斌不仅有了中年人的沉稳和内敛，更有了历经复杂多变人事的淡泊、豁达、宽厚和宁静，"心如平湖，神如止水，整个生命沉浸在一种无言的福中、喜悦中、感动中"[9]，守着生命最深处的自己，以善良的天性和独特的价值选择"以心传心"，并将其文学的触须深入到乡村生活世界的内部，"让天真带着他的笔旅行"，"寻找并且挽留住原本属于我们却早已丢失的原初的生命的丰富和生动"[10]，创造纯净、至美至真而又含蓄、隽永的审美境界，这对当代文坛而言，其意义无疑深刻而久远。

（原载《名作欣赏》2007 年第 9 期、《黄河文学》2011 年第 11 期）

注释：

①李洁非：《还原的乡村叙事》，《小说评论》2002 年第 1 期。

②李兴阳：《西部生命的多情歌者——郭文斌小说、诗歌艺术论》，《文艺报》2005 年 2 月 1 日。

③谢有顺：《今日的艺术与理想》，载《我们内心的冲突》，广州出版社 2000 年版，第 76 页。

④谢有顺：《王彪：此刻孤独就永远孤独》，载《话语的德性》，海南出版社 2002 年版，第 143 页。

⑤⑦⑨郭文斌：《点灯时分》，载《点灯时分——郭文斌散文精选》，宁夏人民出版社 2006 年版，第 6、7、4~5 页。

⑥荣格：《现代灵魂的自我拯救》，工人出版社 1987 年版，第 12 页。

⑧谢有顺：《朴素的写作》，载《我们内心的冲突》，广州出版社 2000 年版，第 45~50 页。

⑩李晓虹：《中国当代散文发展史略》，转引自哈若蕙《点灯时分——郭文斌散文精选》编后，见《点灯时分——郭文斌散文精选》，宁夏人民出版社 2006 年版。

安详灵魂的诗与思

——郭文斌乡土小说简论

张富宝

郭文斌的乡土小说总是洋溢着故乡的气味，循着大年的红色灯晕，嗅着端午浓浓的艾香，我们心中刹那间便充满了安详与宁静，早已在一种无声的召唤之中不自觉地踏上了返乡之路。直到那时候我们才发现，我们离开了故乡那么久，我们对它的思念是那样醇厚！正如海德格尔曾指出的那样，所谓"返乡"就是寻找"最本己的东西和最美好的东西。"[①]郭文斌正是要用他诗性的语言去引领我们聆听乡土寂静的言说，去回到生命最初的时光，去追寻存在的幸福，去守护"最本己的东西和最美好的东西"。

一

在一个遥远而偏僻的乡土世界里，面对着残酷的自然条件，面对着匮乏的物质境遇，面对着封闭落后的生存环境，文学往往是一种最为便捷、最为尊贵、最为有效的艺术形式，它绚丽多姿的想象、丰富真挚的情感往往会成为苦难的心灵获得抚慰、困顿的精神获得支撑的天然园地，它往往在对苦难和不幸的悟解与体察之中闪耀着一种超越性的光芒。毫无疑问，正是文学的存在，守护着生命的神圣和尊严，拓展着人性的宽度和厚度，文学因而就是一种营养丰富的食粮，是一种永恒的梦想，甚至是一种天然的宗教，它以食粮滋养贫困，以梦想的激情对抗现实的苍白，以宗教的圣洁照亮世俗的黑暗。

郭文斌就成长于这样的生存背景之中，无疑，他迄今为止最好的小说作品都建基于其丰富而充盈的“乡土经验”之上。在那些细腻柔情、空灵清爽的文字里，郭文斌为我们呈现出了“西海固”大地的另一种质地，他的作品不是对苦难、荒凉、贫瘠的暴露式告白和自虐式展示，而是以一种诗意的方式呈现出乡土大地动人心魄的幸福与安详。这或许是郭文斌的“一厢情愿”，是他的“任性”与“偏执”，但它也成就了郭文斌的品质与趣味。在这样一个物质过剩、欲望弥漫的时代，在这样一个迷乱狂欢、功利至上的时代，从《大年》到《吉祥如意》等作品的一路走红并非是一种偶然，恰恰更加清晰地彰显出郭文斌作品独有的纠偏与救弊功能。人们突然发现，在当代文学的嗜血、贪婪、性感与矫情的背后，郭文斌“反潮流”式的坚守与追求显得别有意味，他的“另一种乡土”[②]在“不经意间”为当代中国文坛带来了一种清新之风，带来了一种少有的性灵和诗意，带来了一种久违的真诚与感动。

显然，把郭文斌拘囿于乡土作家的层面上实在是对他的一种误解。事实上，郭文斌并没有简单停留在乡土经验的表层上，而是借这种经验开启了一个更为深层次的、更为丰厚广阔的艺术空间——由此，他的文字直接潜入了中国传统文化的根脉之中。换句话说，作为地域背景的“西海固”，只是郭文斌的一种叙事策略，它一方面牵动着人们猎奇般的“期待视野”（譬如乡村的偏远与落后，乡土的神秘与新奇），另一方面却企图引领人们走向归乡之路，回归源头，去追寻生命原初的光亮。而后者，才是郭文斌的真正目标。也正因为此，郭文斌才不惜笔墨地去展示乡土大地的民俗、民情、民风，才不遗余力地描绘乡村社会的礼仪节庆、婚丧嫁娶甚至吃喝拉撒等等日常生活细节，他把这一切都放置在一个至真至善至美的“天人和谐”的世界里，——他的作品淡化了故事与情节，却强化了情境与情趣；他的作品仿佛远离了政治和时代，缺乏驳杂的现实感与深厚的历史感，却汇入了中国文化的静水深流；他的主人公多是天真烂漫的儿童，生活在一个相对独立、封闭、远离政治、较少“污染”的田园空间，却带有一种超凡脱俗的清纯气象，给人

以空灵澄澈的美感。这里,有“人之初”丰富的生命感性体验,有人对世界的直觉式的诗意把握,有人与自然之间天然的亲和交融;这里,有儒家的礼俗秩序,有道家的操守虚静,更有佛家的慈悲宽容。以此来说,郭文斌笔下的“乡土世界”不正是中国传统文化的另一种表征吗?

其实也正是在这里,在把安详和诗意推向极致的同时,渗透着郭文斌的一种淡淡的“文化乡愁”。《吉祥如意》的结尾以一种看似随意的笔墨写道:

> 现在,六月和五月的怀里每人抱着一抱艾,抱着整整一年的吉祥,走在回家的路上,走在端午里。他们的脚步把我的怀念踩疼,也把我心中的吉祥如意踩疼。

在漫山遍野洋溢着艾香的时候,在可爱的人们沉浸在“端午”的吉祥如意中的时候,“我”的“疼”让人刻骨铭心。这种“疼”是一种爱,是一种领受,是一种执着,同时也是一种警醒。它不仅唤起了“我”的思念、想象与虔诚,同时也深入到“我们”的民族文化心理之中,唤起了“我们”内心蓄积已久的“集体无意识”——这正是“吉祥如意”的力量,它实际上就潜藏在我们每个人的内心深处,只不过我们自己迷失得太久!在消费主义肆虐、全球化加剧的复制化时代,在人们躲在钢筋水泥背后纸醉金迷的时候,《吉祥如意》如同牧歌一样穿过我们的心头,正如捷克作家米兰·昆德拉在《不能承受的生命之轻》中所写的那样:“只要人生活在乡下,置身于大自然,身边拥簇着家畜,在四季交替的怀抱之中,那么,他就始终与幸福相伴,哪怕那仅仅是伊甸园般的田园景象的一束回光。”③

二

需要特别强调的是,郭文斌作品中所洋溢着的诗意,或许更大程度上是根植于他对一种独特的“禅意童趣”的秘密洞察,譬如《点灯时分》《大年》《开花的牙》《吉祥如意》等等莫不如此。事实上,对这种“禅意童趣”的发现与营构，最能显示郭文斌的艺术才能和艺术价值。譬如在《点灯时分》中郭文斌这样写道：

> 一家人就进入那个“守”。守着守着，六月就听到灯的声音，像是心跳，又像是脚步。这一发现让他大吃一惊，他同样想问爹是怎么回事，但爹的脸上是一个巨大的静。看娘，娘的脸上还是一个巨大的静。看姐，姐的目光纯粹蝴蝶一样坐在灯花上。六月突然觉得有些恐慌，又想刚才爹说只是守着灯花看，看那灯胎是怎样一点点结起来的，就又回到灯花上。看着看着，就看进去了。他仿佛能够感觉得到，那灯花不是别的，正是自己的心，心里有一个灯胎，正在一点点一点点变大，从一个芝麻那样的黑孩儿，变成一个豆大的黑孩儿，在灯花里伸胳膊展腿儿。六月第一次体会到了那种“看进去”的美好，也第一次体会到了那种“守住”的美妙。

这里的“守”“看”以及“静”无不混杂着一种丰富美妙的感受，它不是在强制与训诫之中进行的，而是在一种主体自觉的状态下，在主人公带着童趣的疑问与幽思中，层层推进，步步深入，既清晰又朦胧，既平实又空灵。于是，那种“看进去的美好”和“守住的美妙”，不仅是一种幸福的感受，更是一种心魂的觉醒；不仅带有一种天真无邪的童趣，更带有一种幽深玄妙的禅意。而正是在这样一个安详宁静的世界里，郭文斌捕捉到了“生命最初的时光”，成了美的存在的发现者和守护者。

这样的文字在郭文斌的小说作品里比比皆是。在《吉祥如意》中，两个小主人公五月、六月对“美”的发现和体味，如诗如梦，若虚若实，尤能给人以无限的遐想。当五月和六月带着端午的“神秘的味道”跑到巷道的尽头时：

> 六月问，姐你觉到啥了吗？五月说，觉到啥？六月说，说不明白，但我

觉到了。五月说，你是说雾？六月失望地摇了摇头，觉得姐姐和他感觉到的东西离得太远了。五月说，那就是柳枝嘛，再能有啥？六月还是摇了摇头。突然，五月说，我知道了，你是说美？

小说正是在这样一团迷蒙的“香雾”中展开的，在这段简短的对话里，姐弟两人通过充满童真的问难与争辩，最终以自己独特的体验和感悟“觉到”了“美”，从此“美”便停驻在他们的灵魂之中。“美”到底是什么呢？是“真”是“善”？是充实是空无？是一团暧昧不明的思绪还是一种心照不宣的情愫？仿佛一时难以说清却又让人心醉神迷。除此之外，小说中还有数次写到主人公对“美”的觉察和感受，足见作者的“别有用心”。对天真无邪的孩子来说，对“美”的发现与追寻无疑具有重大而深远的意义，因为“美”不仅是一种快乐和幸福，更是一种涉世之初的“诗意启蒙”的力量，同时它也将成为灵魂的终极滋养。因此，当他们跟爹一起敬供时，觉得“跪在地上磕头的感觉特别的美好”；当他们在集市上买到五根花绳儿的时候，“那个美啊，简直能把人美死”；当他们上山采艾快到山顶的时候，“从未有过地感觉到‘大家’的美好。每一个人看上去都是那么可爱”；当雾渐渐散去，山上的人们一点点清晰起来的时候，他们东瞅瞅，西瞅瞅，“心里美得有些不知所措”，还惋惜娘和爹“不能看到这些快要把人心撑破了的美”；当他们看见一山的人都在采吉祥如意的时候，便不由自主地发出“多美啊”的感慨……这“美”里有神圣和敬畏，有惊讶和好奇，有兴奋与欢喜，有善良和真纯，更有安详和幸福。这“美”似乎是清晰可辨、伸手可及的，但又似乎是遥远朦胧的，它就像是清爽、香甜的空气一样充斥在我们的内心，涤荡着我们污浊的灵魂。

相比较而言，“童趣”率真直露，而“禅意”则充满智慧机巧。或许，仅有“童趣”会显得简单浅显，仅有“禅意”则会显得矫揉造作，然而在郭文斌的笔下，这两种艺术笔墨完美地融合为一体，并通过一种诗性的语言恰切地呈现了出来。不仅如此，当这种“禅意童趣”以一种隐微的方式与乡村伦理秩序、文化礼俗以及道德教化联系在一起的时候，它就焕发出一种奇特的魅力。“童趣”的率真是一种“自然天性”，它来自于儿童独有的惊异与好奇，而“禅意”的机巧就隐藏在儿童的疑问与诘难中，在他们的有心无意中，在他们的对话中、想象中、梦境中、惆怅中、快乐中，它们无疑都以一种素朴的方式传承着，这种方式是耳闻目染、潜移默化、身体力行，是以心传心、以经验传经验，是春风化雨、润物无声，是善念、敬畏、宽容，是礼俗、信仰、真诚……总之，郭文斌以此打开了一个真善美的世界，一个晶莹剔透的世界，一个声色迷离的世界，一个具有无限意味的世界！徜徉在这样的一个“没有灰尘，没有噪音，没有污染”世界里，我们似乎真的“不由自主地返回故乡”，回到了生命“最初的时光”，“像鱼一样无比快乐地穿梭，像花朵一样在阳光中绽放”，这时候我们才恍然大悟，“发现生命的黄金就在而且一直就在最初的地方”。④

三

宁夏青年作家大都善于写民俗事象，譬如写婚丧嫁娶、年关节庆等等乡土风俗，以此来展现西北人独特的文化心理状态与精神生态。对这种写作题材的选择，与宁夏青年作家的美学趣味和写作立场关系甚大。对民俗事象的描写，无疑是中国现代乡土小说创作的重要传统之一，早在20世纪20年代，以鲁迅为代表的乡土小说中就有所表现。然而，宁夏青年作家却赋予其一种全新的内涵，这其中郭文斌堪称代表之一。譬如《大年》描绘的是一幅西北农家过大年的风俗图，写农家过大年前后的一系列活动，带有浓郁的地域色彩和文化气氛。写(贴)对联、上祖坟、分年、糊(挂)灯笼、拜年、祭庙、放炮、坐夜、看戏等等，这是西海固农村世代相传的过年习俗，郭文斌以一种空灵细腻、优美生动的笔墨，写出了过大年时的那种节日的喜庆、快乐与幸福，写出了乡土生活的真纯与善美。

在中国文化传统中，大概红是最有民间意味的色彩，红往往遍布寻常百姓家，红象征着喜庆、吉祥、火热和幸福。结婚办喜事叫“红事”，红被子、红盖头、红双喜等等都要红；过春节更离不开红，红春联、红灯笼、红包等等。于

是，当父亲把写成的对联晾晒在院子里的时候，小主人公明明和亮亮“幸福得简直要爆炸了”，明明和亮亮的幸福其实就是过大年时的那种独特的审美感受。于是“一院的红”成了一种温暖的诗意的象征。同时，《大年》中还写到挂红灯的那种特殊的意蕴：

> 把灯放在里面，灯笼一下子变成一个家。坐在里面的油灯像是家里的一个什么人，没有它在里面时，灯笼是死的，它一到里面，灯笼就活了。明明和亮亮把灯笼挂在院里的铁丝上，仰了头定定地看。灯光一打，喜鹊就真在梅上叫起来，把明明的心都叫碎了。而猫狗兔则像是刚刚睡醒，要往亮亮的怀里扑。一丝风吹过来，灯光晃了起来。就在明明和亮亮着急时，灯花又稳了下来，像是谁在暗中扶了一把。就有许多感动从明明和亮亮的心里升起。在灯笼蛋黄色的光晕里，明明发现，整个院子也活了起来，有一种淡淡的娘的味道。明明和亮亮在院里东看看，西看看，每个窗格里都贴着窗花，每个门上都贴着门神，门神头顶粘着折成三角形的黄表，父亲说门画没有贴黄表之前是一张画，贴上黄表就是神了。现在，每个门上都贴着门神，让明明觉得满院都是神的眼睛在看着他，随便一伸手就能抓到一大把。

在孩子纯真的眼中，似乎只有至真至美，他们在大年的特殊氛围里，从灯笼里感受到了一种神秘的生命气息，感受到了一种“家”的温暖，感受到了一种母性的光辉（“一种淡淡的娘的味道”），感受到了一种“神”的眷顾。这种感受是细腻的、朦胧的、隐秘的，是渗透在孩子心魂之中的一种美感的真实，仿佛也是与生俱来的。在农村，如果没有春联和红灯就没有过年的气氛；在夜深人静的时候，静静地守着红灯，真的有一种说不出的幸福，那种感觉让人迷醉。显然，“大年”在这里已经不是一种单纯的节庆风俗了，而更是一种文化仪式的传承，有一种神圣感和特殊的美学光晕。对于那些生活在苦难当中(物质的匮乏、自然环境的恶劣等等)的人们来说,这才是他们的真正的节日,只有在这样的节日中,他们才能真正体会到自由、快乐和幸福。郭文斌说:"节日是中国古人非常经典的一种天人合一的方式,一种回到岁月和大地的方式,不然的话我们可能在大地上生存,但是我们已经忽略了大地,我们在岁月之河中穿梭,但是我们已经忽略了岁月。"[5]由此,郭文斌写作的终极目标是为了回归那种"天人合一"境界,重新为我们找回失落已久的精神家园,并且让人们能够幸福、安详、诗意地栖居其中。无疑,这种对节日、礼仪以及日常生活细节之美的发现、感悟与超越构成了郭文斌小说的主体,在那种安宁、静谧、祥和的情境中,作家深刻地写出了美对人性的浸润和滋养,写出了美对人生的抚慰和升华,写出了真、善、美的统一。

正如论者所说:"礼俗作为一种特殊的行为,通过外在的符号、工具、程序以及组织者的权威而具有强制性,会营造出特殊的氛围,而使参与者在哀伤、敬畏、狂欢与审美的不同情境中获得行为规范、道德训诫和心灵净化。"[6]正是因为如此,郭文斌毫不吝惜地把笔墨投向西北乡村的风俗人情,他不仅写端午的插柳枝、摆供果、祭祀、绑花绳、采艾草、缝香包,写元宵节的捏灯、点灯、送灯祈福、献月神等,他还写了丧葬仪式。如《三年》中的跪迎纸火,点黄表(木香、金银斗、花圈、香幡),跪听祭辞,《一片荞地》中的正相、凉尸、守丧、做寿木、做献饭、领魂幡、杀引路鸡、吊唁、献馍、烧纸、殓棺、下葬等等。在这些世代相传的风俗仪式中洋溢着对美好生活的祈盼、对周围世界的善意、对生活和生命意义的体味,显现了无限的温情与爱意;同时,也充满了对死亡的尊重与敬畏,甚至还带上了某种神性的神秘意味。

四

郭文斌的乡土小说常常以儿童视角进行叙事,很难说是禅思启发了他对儿童叙事视角的钟情, 还是对儿童叙事视角的钟情开启了他的禅思之路,总之,郭文斌企图"……摧毁人们前生今世习惯并板结的意识沉积岩,让人的意识永远保持在'鲜'的程度,保持在一种激越状态,最终回到意识的原

始状态。”[7]。根据皮亚杰对儿童思维的研究，认为：“儿童最早的活动既显示出在主体和客体之间完全没有分化，也显示了一种根本的自身中心化。”[8]正是在这种“自我中心化”的视角之下，生活的本真和拙朴，人生的丰富和神秘，世事的混茫难解常常以一种新奇、别致的方式呈现出来，不断制造着阅读的诱惑和追寻的快感。郭文斌之所以钟情于书写“童年”，书写懵懂初开时的隐秘的生命意识和性冲动，书写乡土生活中的风俗细节和脉脉温情，显然与此有关。不仅如此，郭文斌笔下的“童年”最主要的主题就是爱与美，他还企图以儿童视角叙事让我们“返回故乡”，去步入“生命最初的时光”，去追寻“生命的黄金”，并以此建立一个纯净透明、美丽亲和的世界去对抗成人世界的呆板无聊、暴力冷酷，去超越现实政治、时代风云对人的精神压制与束缚。事实上，郭文斌笔下的“童年的诗意”，“已经超越了功利，超越了世俗，超越了污染，超越了遮蔽，它是在岁月之河中被反复地擦亮反复地琢磨的这么一些存在一些精神的羊脂玉”[9]。可以说，宁夏青年作家手中都握有这样的“羊脂玉”，他们在对“童年”的执着叙事中，融入了一种深沉的文化关怀。这里面有对传统文化的敬畏与迷恋，也有对现代文明的焦虑与不安，最重要的是，他们用一种美丽和宁静的姿态对这个“童年已经消逝”的技术化和消费化时代表达了自己的怀疑与批判。

在《回家的路：我的文字》一文中郭文斌写道：

越来越贪恋于那段最初的时光，那段比蜜还甜的最初的时光。属于我的文字常常在那里降落。徜徉其中，沉浸其中，心中就被一种难以言说的幸福填满，在那个没有灰尘，没有噪音，没有污染的世界里，我们像鱼一样无比快乐地穿梭，像花朵一样在阳光中绽放。遗憾的是它实在过于短暂了。不久，我们就把自己弄丢了。我们开始骑着幸福的驴拼命寻找幸福，目光飘在高处，随风而荡。当有一天，我的文字不由自主地返回故乡，我才发现生命的黄金就在而且一直就在最初的地方。

那么,我们这么多年的赛跑究竟是为了什么?在回家的路上,宁静而又狂欢地盛开,这便是我的文字,以及随我而行的文字的全部意义。[10]

这段话完全可以看作是郭文斌的写作宣言,它简洁清晰地表明了郭文斌的写作美学、写作风格以及写作意义。就迄今为止郭文斌的全部创作来说,他最为擅长的、最能显示自己艺术个性的、最具有艺术表现力和感染力的,正是对于“那段最初的时光”的“最初的世界”的书写,对那种“原始的空白”的捕捉。这背后渗透着一种浓浓的甜蜜和幸福,一种自在而忠贞的爱,一种深厚而纯净的文化关怀——它是一种精神信仰, 是一种生命激情,也是一种生活理想。郭文斌的这种艺术执着深深地融入到了其文学书写之中,并且在很大程度上决定了他的文学质地,决定了他的文学风格,也决定了他的写作体式。郭文斌还说:“这个世界的本原, 如果我们从形而上的角度去考察,在我现在理解它是由一种本善,或者由一种大爱构成的。”[11]正因为如此,他才执着地去关注童年,去返回本源,去追寻生命最初的“黄金时光”,他的“安详主义”更是对爱、温暖、崇高的关怀,对真善美的坚守。“安详学是快乐学,它启迪‘根本快乐’,旨在帮助现代人找回丢失的幸福,让人们在最朴素、最平常的生活中找到并体会生命最大的快乐。当一个人内心存有安详,仅仅从一餐一饮、半丝半缕中,就可以感受到世界上最大的幸福。否则,即使他拥有世界,也可能和幸福无缘。安详既是一个人的生命力表现,也是一个民族的生命力表现。安详学的灵魂是回到‘灵魂’本身,说到底是回到‘种子快乐’本身。它是对人的终极关怀。”[12]

郭文斌曾说,自己每次写作的时候都要洗脸净手,把书房打扫干净之后才开始进行写作,那时候便会文思泉涌,便有一种微妙的幸福感和陶醉感传遍全身。这种对写作近乎谦卑的热忱和敬畏,说明了写作本身的神圣与高贵。在很大程度上,这种“清洁的精神”不正是郭文斌的一种生命信仰,一种写作美学吗?因此,在郭文斌的笔下,似乎隐匿了苦难与悲痛,似乎消除了欲望和暴力，似乎只有一个混沌未分却又美妙动人的世界……“艺术的根本仍然在于使生命变得完善，在于制造完美性和充实感；艺术在本质上是对生命的肯定和祝福，使生命神圣化。”[13]郭文斌正在接近这样的“本质”，他自信要以自己的“唯美主义”与“安详主义”改变人们对“乡土世界”的偏见和成见，他要以文字为渡，引人向善，让人们最终踏上回乡之路，并深入到传统文化的根脉之中，体会生命的快乐与幸福。在此意义上来说，郭文斌的乡土小说是真正的“诗”与“思”相结合的小说，它的语言表现及形式构建正如同诗歌一样，无不洋溢着一种美的气息，它的人物无不“诗意地栖居”在大地上，满怀着探索和追问世界的热情，它从深层直指人类的诗意生存，并为我们守护着一个存在的家园！

（原载《宁夏师范学院学报》2011 年第 2 期）

注释：

①海德格尔：《荷尔德林诗的阐释》，商务印书馆 2000 年版，第 12 页。

②白烨：《〈大年〉是对乡土的再认识》。http://book.sina.com.cn/books/2006-08-03/1937203470.shtml

③米兰·昆德拉：《不能承受的生命之轻》，许钧译，上海译文出版社 2003 年版，第 356 页。

④⑦⑩郭文斌：《大年——郭文斌短篇小说精选·跋》，宁夏人民出版社 2005 年版。

⑤⑨⑪郭文斌：《我们正好把文学给弄反了》，《黄河文学》2009 年第 5 期。

⑥汪政、晓华：《乡村教育诗与慢的艺术——郭文斌创作谈》，《南京师范大学文学院学报》2008 年版第 4 期。

⑧皮亚杰：《发生认识论》，商务印书馆 1981 年版，第 23 页。

⑫郭文斌：《安详是一条离家最近的路》，见《寻找安详》自序，中华书局 2010 年版。

⑬尼采：《权力意志》，商务印书馆 1996 年版，第 543 页。

敲痛生命的重音

——品读了一容小说《废弃的园子》

杨　森

20世纪80年代以来，西部文学崛起并日益显示出与众不同的魅力，尤其是少数民族文学获得了极其独特的乡土书写和审美张扬，新锐作家了一容刚健质朴的小说创作，为西部文学的拓展添上了浓厚的一笔。独特写实的流浪生活，对生存苦难的揭示批判以及描写女性形象的生命坚韧都是了一容小说的核心主题。除此，他还使用带有隐喻旗帜的人和事，激活叙事中的现实成分，拓展小说的审美空间。《废弃的园子》是其中的典型代表。

小说描写了一个内心处于自卑、迷茫、痛苦状态下的主人公短暂生命的大动荡和大悲恸以及在苦苦挣扎下走向毁灭的过程。小说主人公易丝哈是个四肢健全、五官具备的矮子，他是个人，不是老鼠，却只有老鼠那么大。他做着和正常人一样的梦：向往正常人的生活，向往美好的前程，向往有一天也能住进美丽漂亮的房子，除此，他还偷偷地爱恋着一个高大美丽的姑娘。但先天性条件决定了后来的命运，他只能“疲惫不堪地混迹在三五成群的老鼠的队伍里，于肮脏的下水道里寻找吃的和可以维系生命的东西”，连老鼠也“不时地威胁他、吓唬他”，他甚至被醉汉当作老鼠一样追打，无奈地逃到装面汤的塑料桶里求生。痛苦难以想象，他的处境就像被抛入了一个黑暗的隧道，无法找到光明的出口。对于易丝哈这样的处境，作家只能情绪复杂地流露出对这种生存方式的无奈和认同，通过这一形象切开了生存残酷的

一面，平静的叙述中回荡着悲剧的旋律。

对于易丝哈，他希望有人能来到他的园子里探望他，和他成为朋友，或者是隔着园子的围墙听他说说话也就行了，但即便如此也不能如愿。他无意中听到一位身世显赫的长官要经过他的园子时，内心泛起一股渴望的涟漪。然而，这只是个美好的梦，长官像一阵旋风离去时，围绕他的只是“比生命离开躯体更加可怕的寂静和冷漠”。作家在叙述文本时表露出感同身受式的悲悯情怀，这种矛盾的情感倾向相当含蓄地包藏在人物遭遇的刻画和情节的安排中，这是作家个人生存体验的提炼和凝结。

鸽子的出现无疑是易丝哈一生中最大的快乐。有一天，一只受伤的野鸽子跌落到园子里。他为鸽子包扎伤口并搭建房子，尽管他“累得吭哧吭哧”的，但他“怀着无比的喜悦和信心”。对他而言，终于有了一个亲近的同伴，他的心里流溢着虔诚的感激。这种快乐却是暂时的，生命在带给他一丝快乐时，又以复加的方式带给他摧毁性的打击——他的好朋友因被野猫侵袭而永远地离开了他。死亡和对死亡的自觉划破了永远的幻想之时，生命的燃烧是那样的分明又痛苦，疼痛袭来的时候，他能做的只有认命。

显然，在对易丝哈这一形象的构建中，作家在揭示先天性条件和物质上的一无所有带给他的痛苦时，也将文本意义上升为精神领域，即从孤独、渴望、冲动、挣扎、失望到悲苦的变化过程。最后，在一个太阳还没有出来的很早很早的早晨，疲惫的易丝哈被推土机吞噬了。到这里，虚无的力量完全超越了生命能承受的限度，无可逃遁的死亡终究成为他的宿命。读者从开始就被主人公命运牵着的心终于有了着落，落脚点则是心灵被摧残。

在了一容的笔下，生活是阴郁的、沉重的。在他的作品中，无论是谁，都无法成为其自身命运的主宰，只要活着就要与生存本能和人类固有的缺陷相抗衡，也许，这是人类的终极命运。而人类创造的名誉、地位、生产方式等作为异己的力量日益与人对立，它们操纵着人，易丝哈就是这种异己力量操纵下的产物，也是千百个产物的一个缩影。我们看到，生活的苦难和文学的追求，已经带给了一容生活和人性反思的现代意识。为了更为深层地揭示生存的苦难，了一容借助于生活的魔幻夸张和隐喻象征锤炼自己的小说叙事。《废弃的园子》其实也是一种生活荒诞的写真和人性极度自尊的心理把握，直指人的思想和心灵。

文本以平静的叙事承载震撼人心的大事件，这种叙述样式和卡夫卡《变形记》中“一天早晨，格里高尔·萨姆沙从不安的睡梦中醒来，发现自己在床上变成了一只巨大的甲虫”有着异曲同工之妙，作品继承了卡夫卡“文学面对灵魂”式的文学样式，直指人的生命形式和价值尺度，也为人类精神领域的拓展敞开了道路。

其实，对了一容有所了解的人都会理解作家的创作背景和动机，他的经历无疑为这篇小说起了导向作用。在写这篇小说时作者曾说过“心抑制不住地酸痛，觉得仿佛是在伤口上撒盐和涂抹辣椒粉”。这是因为作家贴近生活、聆听大地，悲郁而倔强地写出了那些生活特别的、不为社会所关注的最底层最边缘的人们的生活，以及他们的悲惨孤独和内心挣扎，就像捷克作家伊凡·克里玛阐述卡夫卡的话所说的“他于形而上的层次上，再度体现个人内心冲突的非凡能力，使得他创造出这样一种作品，它可以将我们的注意转向我们存在的最基本的问题，从那些影响外部世界变化转向我们精神的变化”。

生活苦难和人性真实的揭示触及生命的悲壮和绝望，然而最关键的在于小说叙事里灌注生命热情所体现的内心卓绝的坚韧、信念和精神，在这个意义上，了一容的小说创作形成了特有的悲悯情怀和文学追求，丰富了当代文学对于底层生活的描写，也丰富了生活需要充实的人文精神和生命内涵。

（选自杨森文学作品集《水是睡醒的冰》）

女人是条永恒的河

——解读李进祥小说《女人的河》

杨　森

一、孤独成双

李进祥有一部作品集名叫《孤独成双》,在此,不妨借用一下表现我对这篇小说的理解。其实,读《女人的河》是很久以前的事了,当时的感觉是除了体会到明显的孤独外，其他的感觉混杂在一起如五味瓶打翻分不清是哪种。后来,作为一个对宁夏文学事业持关注支持态度的文学爱好者,我和李进祥就《女人的河》有过短暂的交流。他告诉我主人公的爱情是现实中一些女性的命运,还告诉我他们那儿真正的有一条河,名叫清水河。因此,我认定,清水河里的故事是孤独的,而李进祥本人也是孤独的。

在这个世界上,有的人注定孤独,如贝多芬,如尼采,如阿依舍。孤独的人一直处于一种非常矛盾的心境中。一方面他意识到他的强大，因为他在和全世界对抗;另一方面他认识到他的渺小,也因为他在和全世界对抗。

婆婆是孤独的，因为在尔的节上她表现出幽怨的情态;“到河里挑一担活水来,洗刷洗刷,尔的节上,亡人回来哩”。阿依舍是孤独的,她因为婆婆说了句“亡人”而孤独,因为没有得到马星晨的爱情而孤独,也因为撵走了自己的丈夫因思念而孤独。

这些孤独在本质上是对现成世界和现定秩序做了认同。正如婆婆所说“走就走吧,一切都是真主的呼唤”。这种思想就是在现实面前自我放逐,甘愿承受起孤独。

培根说：真正孤独的人不是人而是兽。这句话并非否定人类孤独感的存在，而是强调人类对合群的向往，李进祥笔下的主人公虽然孤独，但并没有停止过对合群的向往，这是孤独的人应该追求的。

这个家里的三个男人都走出去了，只剩下两个女人相依为命。这是多么孤独的一件事。公公自从走后就再也没有回来，活不见人，死不见尸；大伯子也几年没有音信了；自己的男人最终被自己撵了出去。两个可怜的女人正在遭受着孤独，而婆婆的孤独似乎更甚一些，当阿依舍听了婆婆给她讲的故事时，她有些后悔送男人出门，也突然有些理解婆婆，第一次她觉得与婆婆的心意有了相通的地方。另外，作品的副线清水河自始至终奔流不息，陪了一代又一代人，可以说它的存在加深了她们的孤独。

不甘心于孤独，就会渴望寻找群体。回到小说中，也就是期盼着"亡人"能平安回来，群体不存在，只能被动地接受孤独。

二、理想爱情和现实爱情

当我们的爱情日益被金钱和世俗同化时，谁还能理解阿依舍的爱情？

阿依舍的爱情是沉重的，又是幸福的，沉重的是她的理想爱情，幸福的是她的现实爱情。

这是作者对阿依舍这一人物形象的深情雕琢，也是作者对清水河畔女性爱情的更多注解，所以，阿依舍的爱情不只是她一个人的爱情，也是清水河畔女性共同的爱情。

阿依舍有她心中的爱情，正如每个人都有属于自己的愿望一样。也许，在阿依舍眼里，河水浅的时候，牵着她的手过河的马星晨就是她的爱情；也许，河水深的时候，背她过河的马星晨就是她的命定。

然而，当她上不起学的时候，她的爱情也"上不起学"了。她的生命除了遥望外，牵她的手过河背着她过河的理想爱情已灰飞烟灭，她依然遥望着、固守着、期盼着，万一哪天马星晨向她说出一大堆让她脸红心跳的话也说

不定呢。她在自羞中体会着甜蜜。然而她还是失望了,她觉得,隔开她的不是贫穷,而是一条河,仅是一条河而已。

在表达了一个美好、感伤、凄艳、永恒却最终流逝了的爱情之后,作者在情节安排上又将感情的归宿点落脚于现实，落脚于努力生活的层面上,感伤而不虚空,沧桑但不厌世,使得小说的情感理智而有节度,内在而又沉稳,这是一种忧郁婉伤的气质。

对马星晨的幻想结束后,她不得不面对她的现实爱情,也就是现在的丈夫穆萨。最初,她的心中还是有一条河阻挡着淌不过去,后来,当她明白放在枕边的毛衣是穆萨织的时,心里就像是“钻进了一条七彩的虹”,随后她的枕边又出现了坎肩、围脖、手套……每一样东西都那样精美,每一样东西都浓艳得像爱情,她的眼里,心灵里都感受到那些色彩的飘荡。

有一回,穆萨上山放羊,两天没回家。她心里便慌慌的,她上山去寻他。在山上,她听到了优美的歌声,她感到自己的身心飘拂在这歌声里,使她走向穆萨,走向她的一个梦幻,走向她一生追求和向往的地方。阿依舍的心被歌声缠住了,她哽咽着扑进穆萨的怀里,她觉得是扑进了一首歌里,扑进了一个梦境里,扑进一个爱情里。她慢慢地打开自己,在太阳的眼睛里,在小草的眼睛里,在绵羊的眼睛里,她尽情地打开,舒展成一个真正的女人。

至此,小说引领读者走向了高潮,现实的爱情同样给了她太多梦幻,这个梦幻正捏在她手心里,也融化了她的身体,使她感动,使她的生命在飞翔中绽放出最美丽的花朵,她终于淌过了那条河,那条横亘在心中的河。

作者这段关于爱情的描写是那样的美好,那么的崇高,那么的令人向往。在这里,你根本看不出任何猥亵,相反,却是被这种意境以及爱情的美好征服。除此,语言的拿捏到位也是令人敬佩的。作者将阿依舍比喻为一个冲破蛹壳蜕变成的美丽的蝴蝶,让人联想到祝英台,对爱情也多了一份神往。

小说的高明之处还在于不着痕迹的叙述。从叙述学的角度看，叙述的节奏、语气、语调构成了叙述文字的内在意蕴,而文字的技术又要求作者先天的灵性和后天的才气。清水河是一条有灵性的河，它将它的灵性赋予了作者，使作者变得敏捷。

然而，这样的美好并没有持续多久，她撵走了自己的男人去外面打工，因为她必须得面对现实生活，爱情终究不能当饭吃，活着才是硬道理。

三、女人是条永恒的河

说了这么多，终于回到了小说要表现的主题上来。有一个作家说过，人之所以是人，是因为他身上总有那么几根骨头支撑着，不让他瘫成爬行类动物。这是阿依舍的想法，也未尝不可看成是李进祥创作的信念。

小说中婆婆老了，她的老不单是年龄的简单累积，更有生活的压迫。正因为这样，她才看起来比实际年龄老些，在"尔的节上"，她应该高兴才是，她说话的口气应该和往日的沧桑不同，可她说"亡人回来哩"时语气像一个"很老的老人"。

日子悄无声息地平静地流淌着，清水河也平静地流淌着，可阿依舍能平静下来吗？

她舀水时觉得这每一瓢都是把自己的每一个年头舀到了水桶里，由自己挑着上路了。她洗离娘水时心里有了一种感动，她想，自己的一切都将随着这次洗浴而发生变化，像一条河必须流淌一样，她并不知道自己要流淌到哪里，但她必须流淌。

媒人接二连三地来，唯独没有给马星晨说媒的。这是她必须正视的现实，也是女性的一种悲苦命运的体现。

庆幸的是后来的男人穆萨待她很好，这让她打消了理想爱情没有得到时的顾虑。但由于田里不长庄稼，封山禁牧等原因，他不得不出去打工。是她劝的男人出门，尽管她也不想。此时，婆婆的态度发生了极大的变化。先前阿依舍在她面前提及打工的事，婆婆的反应出乎阿依舍的意料，她急怒地说："不要给我说出门打工的事，我们家人饿死也不出去打工。"这是婆婆在遭遇一系列打击后的敏感表现，毕竟公公和大伯子出去多年都不见音

信。可现实的残酷再次逼迫她们时，她们又不得不委曲求全，做出这样一个艰难的选择。此时的婆婆叹了一口气："走就走吧，一切都是真主的呼唤。"我们依稀感觉到那种呼吸声的沉重。

小说的结尾在婆媳俩的平静中缓缓结束，婆婆的表情出奇的平静，阿依舍在把乳头让儿子含在嘴里的同时也似乎明白了一个道理：女人真的就是一条河，不过这条河流不到远处去，而是流到儿女的生命中去了。这是生命不断受伤不断复原后的感悟，这不是悲观，而是对生命的积极认识。这是李进祥这篇小说最终要表现的主题——在苦难面前，女性选择了忍耐，选择了坚强，就像清水河一样坚定；她们把这种精神唱成了永恒，就像清水河一样奔流不息！

（原载《彭阳文学》2009 年第 4 期）

简单的崇高

——古原小说艺术论

杨风银

西海固作家中，写小说的古原倔强而固执地一贯坚守着当初喜欢的创作模式。作家火会亮说“古原是一位很早就不用故事情节，而仅凭细节铺成就能把小说写得精彩纷呈的作家”①。古原不是不用故事情节，而是淡化着故事情节，在他的故事世界里，充满着西海固某个角落的人们安静而坚韧的生存，那里发生的故事或者事件只是安静了些而已。对一方故土过于熟悉的古原，明白那里没有激烈的焦虑和争斗发生——古原的小说美学追求一种简单的崇高。

古原笔下，不写一生或一个时代里的众多人物，只写一个阶段一个人物的生活遭遇或变化。古原的小说都像是给某个现实的人物纪传：某个时段某个人的某件事。这是种很有想法的写作。“我”讲述的姐姐银珠的短暂的一生的故事恰好跟我的成长有关：我得了一张奖状！父亲外出为公社修水库，母亲要做浆水面奖励我……故事就这么平坦地开局。古原的细节铺成确实非一般人能及。《绿苜蓿》里的“我”和姐姐银珠走向苜蓿地的过程及周围的地形在古原的文字里被描绘得富于生活的原型，“庄子没有一点‘城’的样子，但庄子西面那一带却叫城壕。其实就是一条土渠，有点宽，时常扔着些死猫死狗死鸡。我和我姐从城壕里爬过去，走过一段地塄，走过长长的码着麦捆子的麦茬地，到接近河岸的地方，就是苜蓿地了。”后来就是个悲剧：

姐姐肺炸了，永远走了。这里我们不提那个叫六十子的看苜蓿的老人。古原的小说里，有如此许多的这样简单的而不失耐听的故事，像西海固土地上那些流传了很多年或者无数代人的传说，悠悠而然地被讲述被传说；就连那些牵扯到死的事情，生活在这片土地上的人也处变不惊，理性而眼光长远地处理过去了。

《河道》里的刘叶叶叛逆期的反抗：直面奶奶的权威和河道里游泳的男孩。——他们都是人生里必须要超越的:家长和异性。而这份超越就是成长的标志。这力量源于一种生存：西海固某个角落的压抑而不精彩的艰难。关于成长的还有《童谣》:一个男孩的被娇惯史。这些故事里有那些被我们曾经评判过的思想与习惯，可它是西海固的那个叫帽儿岔的角落里真实的历史，就如封建的中国它还是中国一样。最多的只能是反思：“马鞭就那样玩了一场，打烂了狗盆，打飞了小鸡脑袋，把二姐追了一通。我是个混小子。”②古原小说的细腻之处就在这里，他能在某个不经意之处显现和还原出生活的本来味道。接通地气的叙事，浓郁的乡土味和伊斯兰风情，让走进故事的人物和事件都能具有一种感人的力量，这其实也是西海固文学自己的土壤和源泉。鲁迅讲“民族的就是世界的”。一种单纯的成长，古原融入的是对生活和人生的体味，是一个西海固人对一种西海固人生的深刻认识，在对生活本身的诗意讲述中使其具有了一种生命普遍的经验，人生里一种谁都有的经历。所以古原的短篇不只是书写怜悯，而是一种对生存价值精神的审美观照。

除了那些人物的成长，也有与长辈间因成长而生的矛盾。一个人的成长都是从征服身边开始的：《河道》里的刘叶叶是，《大庄》里的马有子也是。有时候是源于一种生活方式，有时候是源于一种生活状态，一种生活观念。《麦捆》里的两代人之间就是一种生活方式的矛盾。类似的故事中，最后都是新生的思想和观念或方式的胜利。刘叶叶获得了一种心灵的快感，马有子离开了小卖部，西燕和牛子去了公易镇。这种胜利都在最后有种怅然若失的意味。古原在《白盖头》中讲述的这些关于生存的故事里，那些为了自己愿意和喜欢的生活而不妥协斗争过的人物，他们都在合适而不剧烈地表明着属于他们自己的生存理想。父辈的理想在年轻一代的心里不再是种梦想的日子了，马有子对小卖部没兴趣，西燕早烦透了灰头土脸地守着土地的生活了……这些生活观念的悄悄改变也悄无声息地反映着时代的内容。源于生存观念的改变而对生活方式的不同选择，一些衍生的矛盾就自然地搅入了西海固人的日常。如何去反映也揭示这种变化的内涵呢？古原选择了“婚姻”这个不错的手段。

一种婚姻就是一种生活。在《白盖头》中，叙述童年青年的不少，而写到婚姻的很少。比较典型的是《冬季的日头》和《山顶上的积雪》。都是因为一种生活的选择，父辈选择了钱；都被反抗过，可最终的结局太不一样了。《冬季的日头》里的主人公果果被生活搭救。而《山顶上的积雪》里的黑女子就没那么幸福了，几天后，在黑老爷山顶的积雪旁，堆起的一座新坟让人们明白了黑女子没能争到自己的生活：这是个悲惨的故事。古原在对这类故事的处理上，依然延续他自己的习惯，在细节里铺排生活的魅力和对活着的一种鼓励。这让人想起海子和他的那首《面朝大海，春暖花开》。因为这是种悲剧。西海固生存中，父辈用一生明白了一个事实：没钱是可怕的。他们还不具备看透生活真正根源的眼力和领悟生活真谛的胆识，他们部分地明白了生活的艰难和对子女未来的貌似理性的掌控。这也是一种爱，尽管很难理解。一代人毕竟错过了上一代人的生活经历，而这种悲剧也自然地开始对这种不很正确的生活观念开始修正：在金钱与真情之间，即便是再冷血的理性也不会糊涂的。这也是《白盖头》真正的价值所在。它能通过一种生活日常的叙述展示出西海固生存中的那些有价值的会被人认可的精神。不会因为艰难而放弃，不会因为暴力而屈服，知道错了立即改正，始终遵从着人类善良的本心。这也是融入了伊斯兰文化精神的西海固精神，是西海固人的生存信念。这一切，古原都在一种简单的叙述里表达了出来。在生活中让高尚的

精神焕发光彩的叙述，还有一篇时代印记比较明显的《洁白的雪花铺满地》。这是一篇关于诚信的小说。一个是从小长大的好兄弟，一个是恩爱的妻子，一个是好兄弟的妻子——一位乡村女教师。其实就是两家人之间的一点小事。说来也不小：牵扯到五万块钱。好兄弟不见了，信用社的贷款的期限一天天在逼近。故事就是这样开展的。古原写小说就像在处理自家事一样，认真耐心地经营。友情与诚信在日常琐事中纠缠不清的时候，人物的感人力量来源就是精神：要从精神上挺立起来。一个家庭一男一女两个人，一个人丢了的，另一个补上来，这是让人羡慕和敬佩的力量。这是家的力量。这就是显现和还原了人生中一次庄重：送走海小青——一位让人敬重的乡村女教师时，地上的雪洁白得让人心里也庄重。

这些家庭邻里之间的小事，平凡而简单，近乎西海固的家常便饭，可蕴含的内容耐人回味经得咀嚼，总有一种感动人的能量。西海固的某个角落的特点和颜色都被古原焕发了光艳。

《白盖头》的故事，感人的不只是故事本身，也不止是发生在身边的让人感觉真切的事件：如银珠的死，耶其目伊黑牙的去留，果果婚前遭遇阿斯巴哈，一些逻辑习惯上将走向“烽火”的可能，在古原的处理下，那些事件在故事框架中变得离奇而不可预料，让故事情节意外地合乎了人性的高尚的一面。《绿苜蓿》里的对六十子的原谅和结尾的六十子一家远走新疆，都是对过往的一种主动承担，古原在自己的小说世界里表达了一种消解仇冤的理念。而对六十子的原谅的理由很简单：苜蓿地总得有人看；人死不能复生！《白盖头》的主人公伊黑牙是个耶其目娃娃，跟奶奶相依为命。河州奶奶的到来和河州奶奶的遭遇，让我们忽略了人事里艰难时一种不被轻易显现的真情，我们在人事纷杂中忘记了“相依为命”这个词所涵盖的真正内涵。一切外人的心理和眼睛会让“好处”成为一个绝对的标尺，就是会忽略一个耶其目娃娃的内心真正的需要。所以在最后，抱住奶奶的腿，告别河州奶奶，收到河州奶奶的乜帖和河州奶奶对自己的解剖，以及伊黑牙奶奶的一番解释,都是在彰显一种西海固生存的信仰。——简单的逻辑,高尚的情操。这是古原小说的情节设计出来的能量,一种朴素的信仰和一简单的事,一贯的坚持!这就是西海固的生存信仰。

古原笔下的那些草根叙述,那些故事里卑微生活着的人物,和那些贫瘠的背景一同构成了一个纯净的世界。即便是写那些生活里的那些灰暗的人物故事,也读不出有多少龌龊感来。这是种高贵的品质,一种高贵的美学品质。古原的叙述就像西海固这方土地,甚至是中国,那么善于承载。哪怕是恶。

（原载《彭阳文学》2011 年第 1 期）

注释:

①火会亮:《白盖头·序》,宁夏人民出版社 2009 年版。

②古原:《白盖头》,宁夏人民出版社 2009 年版,第 31 页。

忧伤而优雅的诗行

——杨森君诗歌阅读印象

杨风银

钟嵘说："士穷贱易安，幽居靡闷，莫尚乎诗矣。"诗歌能被当作我们精神世界里滋养精力的土壤，这样生长起来的心灵绝对高尚。起码它是富足的，哪怕是忧伤。

读诗是我多年的一个习惯，我一直认为这是一件快乐的事。在字里行间找到自己可以意识到的生命感觉，尤其是文字里涌动的那种情绪，虽然说不准它到底是什么。从2000年起，读杨森君的第一本诗集《梦是唯一的行李》，一直到2010年他的《砂之塔》《上色的草图》的相继出版。他的诗歌给我的感觉，像是讲了一个故事，可没法知道具体的情节，只给你一个故事的情绪，让人惆怅而忧伤。如果你去读它，你就能感觉到，诗人一直是个自语者，不张扬地向人炫耀发现或者事件，就如现实里的人一样。

忧伤是他诗歌表达的一个主题，空旷而不沉重。语汇里那些古老的词，如时过境迁、人去楼空、斗转星移等等，似乎觉着不恰当，不具情节的生动，但有高度。翻阅他的三本诗集，每页每行里都有一些近乎放肆的忧伤："在黄昏展开的郊外，有一点白/它像故意白着"，这一存在是忧伤的；"我就那么一直靠着/我以为火车一直在拐弯"，这样一次过往是忧伤的；"苜蓿地里/我看见了一只白色的蝴蝶/它们多么孤单啊/但，我又看见了另一只/两只蝴蝶是幸福的"，这样的幸福只属于白蝴蝶，忧伤的是自己。杨森君的诗，无数次给我这样的慰藉:安静而不焦躁,大多时间,喜欢喝杯茶,点上一支烟,手捧一本诗,觉着这样的日子很有内容,满周围都有情绪,让人不孤单。

“其中妙诀无多语,只有销魂与断肠。”杨森君说:“我的诗歌不是对事物在某个瞬间的朴素复制,也不是我现成精神的简单批发,它一旦被我写出,就必须带着‘诞生’的气息。”能对自己的写作这样自负的界定,必定有着非凡的发现力。

“傍晚时分,该找个停靠点 / 被列车拖着走是多么轻浮的旅程啊 / 把整个身子斜靠在一位凝视着窗外的女孩身上 / 在拐弯时,我借助火车轻微的惯力……”(《列车上》)。这样的贪婪很优雅,回想这一细节其实不轻松。“男人已受到伤害,就强行征用爱情。”这是诗人在自己的诗学笔记里用过的话。在男女这一对关系上,故事和语言都是有限的。可它绝对是人忧伤的根源。这样的一个偶然的过程没有粗鲁的痕迹,像诗人爱上写作一样,优雅而单纯。

“这是两个人的旷野 / 我终于有了堕落的勇气 / 我终于不再顾及周围的花草是否会感到羞耻”(《茶卡的下午》)。这样的诗歌简直是横陈,加上了标题,发生过的就像是个回忆,遥远而朦胧,整个旷野都是失落的,一定随着过往遗落过什么，比如像堕落这个词本来的意义。时光的流逝不是某个人的错,我们的生命的流向是固定的,能把握的只能是某个瞬间的一次冲动,但不要结论我们的力量是脆弱的。能对自我的存在进行一次哲学的观照,就是个例证。

杨森君诗歌里那些写及自我关系的诗行,能让我们看到一个爱着诗歌的人通过自我洞透的生命秘密。人与自己是最暧昧的,连诗人也无法例外。一个人的空间,一扇窗,一本被阅读过的书,还有被牵连出来的一宗情绪,在《午后的布景》。阅读《午后的布景》,似乎还能感觉到当初的气氛,“我无比的悲伤/仅仅来自掩卷的瞬间”,这是被牵连的悲伤,阳光“挂在一面墙上时”,“我合上了一本厚厚的小说”，可它来得那么真实,“我从来没有过完整的幸福啊”。这样把自我放置在一个只属于自我又不属于自我的时空里来观照，空间的孤独与时间的流逝而交感的情绪就超越了当初被感知时的能量，具备了辐射效应。把自我放到时间的过程里，用自己的感觉去触摸，发现自己的失败是很容易的，一切都会变得那么轻易就不在了，包括曾经拥有的。杨森君诗歌里，我刻意地读到了一些直接写到的时间，如七月、八月、九月、午后等，掺合了对自我的极度自恋搬的抒情："八月 / 一棵树深红色的叶子集体射向四周 / 只有少数的人知道我隐秘的线索 / 我试着苦中作乐，被迫自己对可能的事物也彻底绝望"(《缄默》)。"我不想在八月里老去 /——配合一株屋后的木槿"(《在寂静里》)。"至少在四月，我不快乐 / 对不起 / 我做不到惊世骇俗 / 如果放在以前，我会说：/ 我没有背叛你，我只是爱上了她们"(《告诫》)。一切都会因时间而快速流转，在不经意间，作为一个自恋的诗人，发现这样的抒情原理，也该是他自己的一个秘密。毕竟人都会因时间的流逝而老去，心头脸上都有痕迹，连往事都被堆积。这只是个事实，诗人没有夸大。在一首长题目的短诗里这样写道："有时觉得 / 我快要支撑不了 / 有时担心 / 在西北的某个长夜里 / 灯亮着 / 我却在一把黑色的木椅上 / 读来不及读完的一本书 / 就垂下了永远的手臂"(《一本读了半卷的书扣在地上》)。诗人总能发现一些秘密，在思及自我关系时，看到了随着时光流转，一些东西渐渐远去，却又猝不及防。这样的忧伤多少显得形而上了些，所以它是得体的。

其实，在你翻阅杨森君诗歌的时候，如果从关系的角度去看，也会发现写及的自我一直跟自然之物搅和在一起。人跟自然这一对关系被当作诗歌里一个"环保"的主题，去发现自然界里那些"安详"的事物按着自然的规律有秩序的变化，很伤感但让人很充足。无论是一块空地，天空飘过的彩云，还是一只主动飞进人视野的白蝴蝶，诗歌里一直有一双眼睛在看着这一切，那些美丽的忧伤，都是借着诗人的眼睛发现的。合上书，我们才试着去自己观察。

“大约是中午 / 白昼流过一片安静的草地 / 众多的花冠在慢慢变红 / 我改变了原来的坐姿 / 我的右侧斜倾着一道狭长的山谷”(《安静的美》)。这不是很困难,能够看到这样的景物。让每句话都带上情绪却是件不容易的事。

“我同样愿意带着我的女人回到古代 / 各佩一柄鸳鸯剑,然后永远分开 / 十年,二十年,三十年……/ 一百年后,我和我的女人 / 分别战死在异地,而两柄剑 / 分别存放在两个国家”(《镇北堡》)。诗人自己说,那是一个经历了时间的环境,在夕阳西下时,想到逝去是必然的,人生就像电影,比电影更精彩。

叔本华说,生存意志引起欲望,欲望不可能真正满足,因而人生是痛苦的。叔本华也说,借助哲学沉思或审美静观,也可以获得解脱。杨森君诗歌里的闪现的哲理性是显而易见的,阅读时的忧伤就是收获。这不算作结论,作为阅读者这样徒劳的误读幸亏不会有其他的后果。

（原载《彭阳文学》2010 年第 3 期）

海杰文论五篇

海　杰

我有迷魂招不得

——浅谈人邻的诗歌

人邻在一首诗中写道:“黑暗是可以描绘的/只是一大片黑/遮住//再描绘一根蜡烛/将要燃尽的夜晚/一个女人的银手镯/纤细的亮,冷得叫人/只想浸在恋爱的/忧伤泪水里//黑暗已经十足”,可以看出人邻对黑暗或者说近似于黑暗的情有独钟,在他的“黑暗”里,蜡烛是短暂的,而忧伤是恒久的。他想描绘的黑暗,被“一大片黑/遮住”。后来在他的《那些马里有一匹是漆黑的》中,他一再地引入黑色,也试图在践行他的神秘主义倾向,“那些马,汗湿地喘息/有棕栗色的,也有些偏黑偏黄/可只有那匹漆黑的才真正迷人/似乎藏满了神秘的雕花白银”,这种表达的策略,在人邻那里,已经成为轻车熟路。

隐秘之躯与游离之舌。这在人邻的诗歌中是无法回避的一个诗学话题,语言的“此在”,语义的“他者”,在他的诗歌里,难以找到包抄诗歌内在编码的便捷之路,甚至说他的诗歌写作是圆滑的。“那哑者又送来的青萝卜/内容和年份都不清楚/黯淡的寺/萝卜在走廊居住/这比水、陶钵/离僧人更近”,滴水不漏的叙述姿态使得诗歌变得更加游离和隐秘,连人都要成为“哑者”,当然这“哑者”不是史蒂文斯的“哑者”,不是“最后的雕像”,人邻的“哑者”在这里是动态的，但又是内心封闭的，因为他只能行动，而不再说话。在这首诗里，连内在信息的告密者也被剥夺了透露消息的权利，所以什么都看不清楚，“内容和年份都不清楚”。这样的写作无疑是具有模糊性的，“林子暗下来 / 偶尔的鸟的呓语 / 让人猜疑 / 一片秋叶的后面”，我们只能把这样的表达看作一次滑行，其间的计谋谁也难以说清楚。

诡秘之惑与力量之美。诡秘是人邻诗歌的一个重要元素，因诡秘而蛊惑，“风，然后就抵住 / 寸步不移的是 / 那风中的乌鸦 / 扣死的铁色的嘴 // 铁色的嘴 / 呱呱 / 只偶尔 / 一下 // 拧透着力量的枯枝上 / 移动两下的 / 是乌鸦铁色沉着的趾爪 / 那稍稍的移动 / 是为了那风 // 那风 / 太累”（《铁色乌鸦》）。乌鸦，这种凶兆之鸟，在爱·伦坡那里成了“再也不能”的忧郁，而在人邻这里，却是比风更强大，比铁更冰冷和凶猛。我们可以把这首诗里的所有表达看成是一场现场目击的事件，风与乌鸦没有直接的对应关系，但是他们一旦相遇，便立即构成了隐喻（这隐喻在人邻的诗歌中几乎无处不在），本来蓄意制造的一场事件可以名正言顺地发生了，但作者却动用游离之舌引出“扣死的铁色的嘴”，这其中充满了撕扯和扭打，间或一动不动，整首诗环环相扣，到最后，那场事件终见分晓，“那风，太累”，作者却早已抽身离去。由此观之，读者的阅读期待多多少少被戏弄了。如此精心构置的诡秘的惶惑使解读变得异常困难，但里面涌动着一股旋风，那难以抵挡的力量之美或者说雄性之美，甚至可以说是悲剧之美破门而入。

散文的精致造就了人邻诗歌内在间隙的密不透风，以此为契机，人邻构筑了强大的语义系统，如“蛇”“树枝”“乌鸦”“寺院”“蟾蜍”“秋天”“母梨”“白银”“铁”“蜥蜴”“蝎子”“秃鹫”“黑铁蚂蚁”等，这些系统貌似杂乱，却有隐秘的有秩序的脉动。

除此之外，他潜行在语言的内部，利用他们并抽取他们，“钢铁抽象岩石 / 天消失海 / 乌云繁殖闪电 / 而男人注定只能连接女人 / 像是水连接水 / 泥土连接悲哀的泥土”（《五行》）。看起来的像拼贴一样的句子却因持久而倍显独特。

语义之墙与词语之汁。“语言在我们的心灵里，是如此的隐秘”（瓦莱里语）。人邻诗歌的语言同样是隐秘的，是节制的，他的写作在保持矜持的同时，实现了诗意的狂躁性充塞，但这样的语义系统是几近封闭的，他在语义之上建立了属于自我的强大堡垒，因此，他的整场叙述都是保守的和压抑的。而其词语的妩媚多汁与昏暗不明使他的诗歌在隐喻上兀自呼吸和喘气，“华丽、轻飘 / 雕花木椅神秘、萎靡，双腿放荡 / 三百年前雄性铁器 / 割开的阴湿木头 / 裹着石榴色漆饰的‘咿呀’作声的 / 娇小木头 // 花香携几片绿叶沿窗飘入 / 和死亡芬芳的夹在一起 / 一个女人双腿夹紧的气味，随时间早已消失 / 那个雕花的享用者，淫靡、贪婪 / 消失得更早”（《雕花木椅》）。这几乎是移花接木式的完美隐喻，诗人从“雕花木椅”和“放荡女人”之间找到共同点和相通点，然后带来了词语的狂欢和摆弄，所有这些都氤氲着一股淫靡气息，由此他无所顾忌地展开了他的想象，这想象大胆而决绝，甚至说有些微的恶毒，这在《蛇的诗节》和《烛光里的梨》以及《罪果》中更加不露痕迹。

沉潜之势与碎裂之殇。他加大了词语的重量和密集程度，从而不露声色地把诗歌内核收缩到容易积淀的地方，“那跑得最蓝的，抑郁最深；那 / 跑得最快的，最绝望；那跑得 / 最美的，最先毁灭 // 那突然开始和结束的，要突然 / 碎裂和忧伤”《风中玻璃》），人邻很好地利用了颜色与性格的对应隐喻，速度与心境的对应隐喻，美与毁灭的对应隐喻，以及开始与碎裂，结束与忧伤的对应隐喻，来表达了碎裂之殇，从形而下到形而上，从眼前到远处。在《疲倦》和《蜥蜴》中，他同样表现了碎裂之殇，“沿碎裂的时光隧道 / 使他真正变暗、充满”，“蜥蜴……进入阴暗的岩石缝隙 / 速度 / 比一小块坚硬的燧石 / 碎裂和消失得更快”。

通常我们认为文本与阅读是难以调和的，由于文本的适度原生性而导致阅读的陌生化，而阅读期待的稳定性会对文本产生误读。如此的矛盾在好多诗人那里都存在着，在人邻这里也存在着，但是，他在内在的节奏上极为重视和注意，做到了文本与阅读的有效调和，使得阅读成为一件渐入佳境的事情。

在人邻的写作轨迹中，他经历了缔造者——破坏者——爱智者的角色转变，作为缔造者（1986~1993 年），他的《帝王之晨》通过“帝王之口”来说出“天意”:“天地混沌 / 一切都还静静躺着 / 躺着的都是臣民 / 等着天亮 / 以至于谁早点起来 / 找一大片空阔处 / 随意走走 / 谁就像是 / 东方的帝王 // 这样早 / 第一句话应是天意 / 当然出自 / 帝王之口”，后来的好多诗歌都多多少少沿袭了这种笔法，“要是再落一些就好了。再落一些 / 也就没有什么 / 可以再落”，通常都是以句子的适当回环与往复来实现叙述上的禅意和谶语。而后来，他显然是作为一个写作上的破坏者出现的，他破坏诗歌惯性的审美路线，向着黑色的、怪诞的、诡秘的审美方向前进，他一方面倾心于“这太奇异的 / 细碎的舞蹈的铁”（《黑铁蚂蚁》），一方面又钟情于“蜇人的 / 梨子汁水 / 猛然妖艳、狭窄的 / 状如突臀的母梨”（《烛光里的梨》），而在这些破坏意图实现之后，他笔锋陡转，成为一个爱智者，转身进入哲学和宗教的母题，“要么，高大的黄金砌在风中 / 要么死亡和顺从”（《谶语》），在哲学的笼罩下，人邻的诗歌开始做出一些智性努力，“床，忽然空下来 / 它的结实 /——忽然变轻”（《空与死者》），以至于到处都是“灰尘，来自天堂的亮光 / 蒙蒙的，覆盖了所有的声音……是轻轻的隔开 / 是多么轻的隔开呀 // 让最轻的声音 / 带着灰尘走”（《天堂的灰尘》）。

他彻底是让诗歌和生命一样，变得轻起来，变得不可承受起来。

纷飞或者内敛

——关于诗人娜夜

第一次听到娜夜这个名字是在上大二的时候，时间大约是 1999 年，在现当代文学课上，那位其貌不扬的女教授让我们知道了娜夜：她在兰州，长得很美，是个诗人。我们都知道女教授喜欢女性，这无不源于她对同类的关

爱与接纳，她更喜欢琼瑶和娜夜，她说娜夜在台湾的名气很大，由此推广开来，台湾更容易接受娜夜的文学气质和创作模式。与此相对的是，她不喜欢男性，她在自己课上几乎给女性文学画上了着重号，这里面包括很早的女作家凌叔华。因此，那时候，我们多少对娜夜抱有成见。

后来，我陆陆续续读到她的诗，其中有一首，我很喜欢，全诗如下：

我珍爱过你
像小时候珍爱一颗黑糖球
舔一口马上用糖纸包上
再舔一口
舔得越来越慢
包得越来越快
现在只剩下我和糖纸了
我必须忍住：忧伤

（《生活》）

我曾经给好多朋友推荐过这首诗，一次在故乡社区跟一位广州的女性网友聊天时，说到兰州，她第一反应就是娜夜。后来让我惊讶的是，她竟然断断续续地用鼠标将这首诗敲了过来。之后的好久，我都在替娜夜保存着那种扑面而来的惊喜，大多数小青年都因此对她的好感与日俱增，成为梦与幽灵。

我总认为一座城市得有一位女性，她应是这座城市最华美的衣裳，这位女性应当是温和的，谦让的，有时候也应该有些特立独行，并且是艳丽多姿的，精神上能自持、青春、富足，从而在暗处引领我们的一个女人。娜夜便是。她甚至是艾伦·坡所说的“彼岸的辉煌”，成为一种“象征”。在我们找不到她的生活实体的情况下，我们连同这个城市都被迷惑着，走向新的起点，以及新的期待和愉悦。

我没有见过她，但我也曾经说过，我觉得她是一只纷飞的蝴蝶，华丽、凄迷得让人忧伤。我曾经几次走在兰州张掖路过去的那条时装街上，那里是女性的街道，它叫永昌路，我想起娜夜工作的地方，我知道永昌路离兰州晚报社并不远，我甚至认为那条路应该名正言顺地以娜夜的名字命名。

娜夜曾经说："在这个世上，女人除了诗歌和担心红颜易老外，其他，草木一样顺从"，在诗歌上，我们认为她是女人，她是在"从低处，向上祝福"，在诗歌中，养尊处优。在生活中，她是很少有人知晓的，她让我们只完整地看到她的诗，以及那些不断溢出的文字：

倚窗眺望的女人
一根刺透自己的针
把外面的风尘
关在外面

很明显的，她在诗歌之外，成功地做到了内敛。

两个毛尖：一个滚烫，一个冰凉

通常我们穿过大量势头凶猛的文字来猜想其人的时候，那个人已经在文字的掩护下，从我们能够把握的范围顺利突围，成为一个旁观者。这对我们来说，不能不说是一次戏弄。然而这是多么的有趣，文字常常作为客串吸引我们的视线，而离写文字的人越来越远。

毛尖似乎是这样的一个人：生活在上海，有高校教师、著名影评人、著名专栏作家诸多身份。当然了，你也不妨把她看作一个让你沉醉于其文字中而她自己却清醒逍遥的女巫。

从那些文字历程，我也开始了对一个从未谋面的人的猜想。猜想，这是一件不光彩的事，但的确能带来快乐。

我相信有人也曾跟着一遍又一遍地喊:“世界上有那么多城市那么多酒吧,可是你为什么偏偏走进我的?来吧,开枪吧,你这是在帮我呢……”这句电影《卡萨布兰卡》里的经典台词,当初或许没有人对它有太多的感知,而毛尖是悄悄地把它拉出来,加上背景音乐,我们发现,这竟是如此能击打神经:“一年又一年,只有死亡可以带走鲍嘉的影迷们,他们(影迷)不知道如何表达对鲍嘉的无限热爱,他们背他的台词,学他的姿势,穿他的衣服,爱他的女人。”(《永远和“三秒半”:鲍嘉》)

《非常罪,非常美》是毛尖的第一轮糖衣炮弹,它打向我们曾经的观影岁月和青春敏感的神经,鲜艳放荡的同性恋元素,经典而感伤的爱情叙事,柔软阴郁的抒情,精准的电影对话摘选和感受搭配,让读者产生被掌控了的高潮,而年轻的读者是心甘情愿的。毛尖此时的文字于他们,套用杜拉斯的句式,那就是“与那曾经经典的电影相比,我更爱你那泛着呢喃,满纸在雨水中绝情地呼喊的美文”。

对于那些经历着身心彻痛的人来说,一句话就足以让他们万劫不复。墨西哥人弗里达极度心痛地对丈夫迭戈·里维拉说:“我遭遇了两次事故:一次是车祸,一次就是遇到你,最糟糕的是遇到了你。”而毛尖的影评文字就是冲着这样的伤痛来的,当然她的高明之处是尽量地深入到他们的最深处。对象之美成就了文字之美。

如果说《非常罪,非常美》成就的是那个深情地一遍又一遍朗诵波德莱尔诗句“美丽的,美丽的多罗泰”的感伤得要命的毛尖,或者说是一味喊着别人的台词“我要去巴黎”的那个视声色当饭菜的醉眼蒙眬的毛尖,那么在《当世界向右的时候》里,她放弃了那么滚烫的抒情,学会了冷静、自嘲和嘲他。作品里多了好多随意,说起话来,已经不需要背景音乐了。

这本书是她在一家报纸开的专栏文章,每篇都是800字,看来是炼出来了,就像朋友说的那样:写专栏的人如果每篇能到800字把事情说完,说清楚,也正好没话说了,那才是功夫。毛尖写这么多篇800字,并且能絮絮叨叨说个没完。上海也同时成了毛尖语言的支点，如《榴莲飘飘夜上海》说的就是上海的酒吧，《人民需要李欧梵》写的就是小资文化的推动者李欧梵与上海的瓜葛，那就是一部《上海摩登》给牵着，《张爱玲加旗袍》就更不用说了，这话题一出来，暧昧和浮华是注定了的，所以那些文字也因此变得倾国倾城。我来这个城市已经有一点时间了，发现她不是这般模样，所以说唯美的文字大多数只能观赏，不能寻找。心灵与现实的冲撞是随时都在发生的，就像我过几个小时，还得挤进熙熙攘攘的人流，坐上地铁，然后烦恼地搭上平常上班的商务楼的电梯。

原以为写国外经典文艺片评论的毛尖是无论如何看不上说国内的那些电影的，只会去反复说英格玛·伯格曼，说库布里克，说费里尼或者沟口健二，但是在《当世界向右的时候》里，她说到了好多中国电影，什么《紫蝴蝶》，什么《苏州河》，还有什么《大鸿米店》。我用这样的口气，意思是说，毛尖就这样以一个女性的独特姿态对他们竖起了中指，就像她评娄烨的电影《紫蝴蝶》那样："娄烨的电影并不感动我，那更像是欧洲大师剪下的废料集，里面的每一个画面都有出身有致敬者，但是却无力冲刺我们本土的爱恨。"说《绿茶》，是"赵薇的故事讲一半，掖一半，姜文的表情露一半，藏一半"。

难怪香港著名学者刘绍铭说："我看到从文字组合出来的毛尖小姐，俏皮、乖巧、风趣、幽默。经营意象，时见匠心。讽喻世情，软硬兼施。"

毛尖的文字里似乎就这样多了红尘，弥漫着，死缠烂打，却还是带着爱和恨，看似漫不经心的手绢一扬，却有人应声而倒，情感里藏着冷兵器。

青春就是一场狂欢的秘密，在后来的一天被遮遮掩掩，甚至深藏心中，所以你见到的那个人，她早已远离了青春的模样，成为一个世俗的人；她大笑，旁若无人，爱说让别人受不了的话；她跟文字是两条线，人不是被文字捏出来的那个人，地方也不是那个曾经如胶似漆、软语贴耳、雨中低回直至水花四溅人惆怅的地方。

而后来的自选集《漫漫微笑》，是以前所写的影评和专栏文字的一次再现,从那里面,你能看到《非常罪,非常美》,也能看到《当世界向右的时候》。如果第一次读毛尖,那么《慢慢微笑》是个不错的选择。

我也相信,那些曾经喜欢她的文字胜过看电影的人,如今已是踏踏实实的生活者。如果青春的气息还存留着一些,那么不妨像毛尖一贯"宠爱"的弗吉尼亚在姐姐凡奈莎新婚之夜写的信中所说的那样暗自嘀咕:"离开了你的岛屿,我们依然是你谦卑的小畜生。从冬到夏到秋,我们不停歌唱讨你欢心向你求婚,希望有一天你娶走我们。但如今我们不敢存这个念头,只求你还是把我们当你的情人。"

纽约客的简约明信片

读娜斯的《想象舞蹈的马格利特》我花了整整一个月时间。整整一个月,我把对它的阅读安排在夜晚的床榻之上。

不知道如此缓慢的阅读速度在阅读质量上会实现多少,但《想象舞蹈的马格利特》在一个月之后依然从建筑、绘画、电影的身影里泛出陈旧而孤独的玫瑰香,从她的所见所闻里,带出旧时的模样。

作为一个纽约客,娜斯的语言几乎不加修饰。我心中的女性写作大致如此:惊怵的、忧伤的、玲珑的、疲惫不堪的、拉扯的、悠远的。这里面排除了突如其来的原经验写作者,即便如此,那些稍微有些往某处靠的女性写作在逐渐地滑向隐匿和偏执,其中不乏女性苦难的迷恋和对常态的拒绝。而娜斯出人意料地折中。

从知识分子的炫技嗜好中摆脱了,从扩散的涟漪般的排比句中摆脱了,从文艺青年的铺张浪费的迷醉中摆脱了,娜斯几乎是放弃了悬念和安排,想到哪里说到哪里。同样写电影笔记,毛尖的文字里,即便是那些有着岩石般肌肉的男人,也难以遮掩扑面而来的优柔气息,呼出的气很粗,却是发抖的情欲;而洁尘的电影笔记就多了份难以绕开的个人中心经验和对气氛的唯美追求。恰恰娜斯显得质朴,直截了当,不显摆。

就像她在开篇的《在那里幽灵与日光同在》中，娜斯一开始就说："如果现在一提巴黎，就来一句海明威的'如果你运气好，曾在年轻时代住在巴黎……'，肯定惹人厌烦——实在，你就不能提点别的吗？"与如此开门见山的叙述相比，我们的阅读似乎经历了太多的虚情假意、大肆渲染以及人云亦云，而在被宠惯了的阅读期待中等着娜斯给我们一点感动，一点迷情，一点伤感，一滴深邃的酒精或者眼泪，那么我们的等待大致是失败的，落空的。她打击了我们阅读的青春时代，进而让你感到烦躁和真实，而那真实又是我们原有的经验难以接受的，而且，即便如此，我们也似乎回不去了，被夹在青春与真实中间。

我这样说，是因为娜斯出于对自己的叙述的自信，也出于她对抒情语言的回避，因此她带给读者的是阅读的平静、咀嚼欲望，而不是叹息、不可自拔。

与抒情的、沉迷于情愫添加的写作相比，娜斯的还原式的写作可能更加有利于我们的心理素质，她更多的是一套素餐，而不是美丽的毒药。

关于里面的元素，我不多说，一切都在阅读中呈现。

还有，娜斯的语言稍显拖沓，但这应该不影响阅读的有效性。

此外，《想象舞蹈的马格利特》图文并茂，文字如上所述，而那些插图带来的是除了诠释，就是再现。

如同她说的那样："喜欢翻书喜欢观影，喜欢走路喜欢看画，喜欢植物喜欢美食，回头一看，都在本书中有些反应，就算得是也没愣头愣脑瞎欢喜一场吧……"

（原载 2006 年 2 月 1 日《北京青年报》）

日本物语

今天从书柜里翻出了去年从旧书摊买的《落洼物语》，读了一个下午，感觉非常轻松。这是一本日本物语会集。淡蓝色的封面上面是一个工笔画的仕女，发髻高高扬起。该书是 1984 年由人民文学出版社出版的，首印就达到

了75000册，是丰子恺先生翻译的，显然这样的印数表明，在1984年，《落洼物语》还是有庞大的读者群和辐射力的。

《落洼物语》里面包括日本的《竹取物语》《伊势物语》和《落洼物语》。所谓物语，也就是将发生的事向人们仔细讲说的意思。后来，"物语"成为了故事、传说、传奇之类的概括性的词汇。从我的阅读来看，物语的形式兼具叙事和抒情的特点，是把歌与散文相结合的一种文体。

古代的日本文学，跟中国的相差不是太大，甚至说受中国的影响较大。就拿这里面的故事讲述形式和题材来说，都具备中国早期传奇和志怪小说的叙述模式，那就是在善于用古诗来对故事的背景和结局给予暗示或设定，也同时充满了巧合、鬼怪、爱情等中国志怪小说惯用的题材。

文本的不成熟加上故事的荒诞，就使得阅读显得更加轻松，丰子恺先生的翻译风格更加让人觉得如闲庭信步。

这些物语也就是日本物语的雏形，后来暴得大名的《源氏物语》不能不说得益于前面的这些物语，尤其是《竹取物语》。

与《竹取物语》的长篇叙述相比，我更加喜欢简短和幽默以及精练。比如，写一个男子爱一个风骚女子，却一直怀疑她，《伊势物语》是这样叙述的："从前有一个男子，他明知某女子性情风骚，却和她亲爱。单这女子也自有其长处，并不十分令人讨厌，所以这男子始终和她通情。然而因为这女子生性如此，所以他还是很不放心。但已经结了不解之缘，总是每晚去访。后来有两三天，因有事故，不曾去访，便咏了这样一首诗送给这女子：

君家常出入，足迹宛然留。
不悉分携后，有人重踏否。

他因为怀疑这女子的心，所以咏了这样的诗送她。"

看后让人忍俊不禁。轻松而缓慢的叙述，加上细小而生活化的题材，制造了阅读的喜剧效果。与抑郁、阴沉的日本当代小说相比，我似乎更加喜欢看这些使劲发挥想象力和可能性的物语。

与《伊势物语》所不同的是，《竹取物语》和《落洼物语》讲述的都是完整的故事。

也许，靠近我们的或许就是那些微言大义的东西。比如说《伊势物语》，比如说那些类似于物语的东西。

（原载 2005 年 5 月《信息时报》、《黄河文学》2005 年第 5 期）

寻找的根据和理由

——读朱世忠散文《寻找恩师陈静英》

刘天文

2009年《共产党人》第24期发了朱世忠散文《寻找恩师陈静英》。时隔三十多年，作者无比深情地回忆了知青陈静英从上海来到宁夏固原杨郎陶庄小学任教的经历，抒发了乡亲和学生们的感激、爱戴和惦念之情。

20世纪六七十年代的西海固和上海代表着当时中国贫富差距的两个终极，陈老师阴差阳错地来到这里，从没有表现出一点水土不服，“我们”至始至终地没有听到她的丝毫怨言，没有看到她的委屈表情。相反，陈老师平静、谦和、温暖地融入了这片陌生而贫瘠的土地，她像“一盏灯泡，把村子照亮了”。归纳起来，大概有三点，成为贯穿文章主线“寻找”的理由和根据。

一是陈老师的美。作者的侧面描写几乎贯穿全文，极为充分甚至夸张地表现这一点，可谓匠心独运，煞费苦心，但丝毫没有留下雕琢粉饰的技艺痕迹，从而表现出作者娴熟的语言驾驭能力和对生活独到的感悟能力。

陈老师第一次进入视野“就把我们惊呆了”。陈老师的出现似乎在一刹那间以摧枯拉朽的力量颠覆了人们一贯的审美视角，而跃跃眼前的是一个全新的生动形象。人们只顾“惊呆”了，而忘记了给陪陈老师来的乡上领导打招呼，惹得乡上领导的脸“像我五外爷精心侍候的高个儿骡子的脸”。作者这样不惜牺牲乡上领导的一贯尊严来凸显陈老师的漂亮是多么让人忘乎所以。“她像队长家院子里的那一盏灯泡，把村子照亮了”，这个比喻意蕴丰富，不仅传神地写出了陈老师的漂亮，而且也为后文展示她的人格魅力、道德品质和文化学识埋下伏笔，达到了出神入化的效果。“十八舅”是一个让读者忍俊不禁的特写，陈老师的美彻彻底底震慑了他，扣工分和挨巴掌都不足以使他从“傻”的专注投入中一时间清醒过来。可以说，他是“惊呆”这个词最生动的诠释者，“惊”得厉害，“呆”得可爱。文中还有一个戏剧性的情节，也从侧面表现了陈老师的美。因为陈老师，村子的体育活动也搞得越来越好，甚至在篮球比赛的关键时刻只因陈老师的到来加油就能扭转乾坤，足以想象她非同寻常的个人魅力。大概在当时，要比现在所谓的美女拉拉队还要管用得多。全文直接描写却惜墨如金，近乎苍白：“腰细细的，羊角辫翘翘的，脸白白的。”作者这样心不在焉似的的粗线条勾勒留有充足的艺术空白，语言充满张力。

二是陈老师所代表的先进文化。在“文革”时期，教育几乎瘫痪，但政治风雨并没有麻痹人们对知识的隐隐渴求。一批知识渊博的知青们不顾个人荣辱得失，给山区教育带来了异样的文化气息。“夹带着吴侬软语的普通话，甜甜的，很有韵致”的陈老师的到来，似乎偶然间再度唤醒了人们对知识的敬重和渴望，所以，“我们完全被上海老师迷住了”。甚至就连“到处讲首长的事，到处说部队天天吃羊肉小炒的事”的那个自认为见多识广的退伍军人，也因为陈老师的存在而心生担忧，他偷窥陈老师的行为就是间接承认了自己的相形见绌和孤陋寡闻。“方圆几十里山区学问最大”的柳老师教学生把茄(qie)子读成茄(jia)子，在陈老师认真地从西安买来实物教学生观察并纠正读音后，柳老师仍然看不起陈老师并强词夺理。柳老师的存在更加说明了西海固地区在历史上根深蒂固的保守和封闭。

“文革”结束后，陈老师的命运也由于政治气候的转变而发生可喜改变。这方面的点睛之笔就是在陈老师 1977 年考入复旦大学，临行送别时的情景描述。送别场面很隆重，很摆阔，一方面是人们的感恩之心，最重要的是“全乡只有陈老师考上了大学”，而且“还是名牌”。想想陈老师本来来自繁华的上海，见多识广，现在又再度深造，不得不叫山沟沟里这些渴慕知识甘霖浸润心灵的村民们的异常羡慕，他们对陈老师的敬重，就是对知识的敬重；他们对陈老师的礼遇，就是对知识的礼遇。也有一些细节表现了陈老师对山区人们生活习惯的潜移默化的影响。比如“我小舅妈”因为陪陈老师睡了一夜后就养成了洗脚的习惯，后来“还逼着我小舅和表弟表妹洗脚”。

三是陈老师高尚的人格，是她赢得人们认可和尊重的最为重要的原因。陈老师美丽，但她没有鹤立鸡群的高傲；陈老师有知识，但她没有见任何人就“讲得嘴里飞沫子”。陈老师与人为善，怀有一颗博大的爱心，村子的每一个人都几乎得到她的恩惠。陈老师对她的学生无比慈爱。她帮助“表弟”“用蝴蝶牌缝纫机在书包上补了一只花蝴蝶”。“暑假后，陈老师从上海带回来一大包奶糖，下课后给我们每人发了两颗”。那只花蝴蝶其实就是陈老师慈爱之心的最好象征了，或者说陈老师就是从上海飞来的一朵美丽的蝴蝶；那“上海奶糖的味道”其实就是陈老师充满亲和力言语的物化——“夹带着吴侬软语的普通话，甜甜的，很有韵致”，也成为孩子们憧憬美好未来的动力。陈老师还用她父母的钱给村上的女人们每人买了一双丝光袜子，就连对她有过猜疑的小舅妈也一视同仁，这体现了陈老师博大的爱心和宽厚待人的胸怀。陈老师高尚的人格赢得了淳朴乡民的尊重，当她考上大学要走时，“小舅妈”用“绣花鞋”送陈老师上路；“我外奶”用“银项链”和“长命锁”系住陈老师的未来和幸福；“我们”则“擦干眼泪，把上海奶糖的味道留在心里了”。

上述三点，成为人们执着寻找的理由。客观地说，陈老师在政治风雨里所经历的这段人生从本质来说是残缺的，是不幸的，但她给“我们”留下一个完美如天使一样的印象，在她身上集中体现出了中国女性知识分子的一些传统的美德和品质。作者所有的笔触都力图尽可能地表现陈老师的完美，但我们却在真实的完美间隐隐遭遇着一种逼真的缺憾的伏击——陈老师失踪了。这“失踪”不仅仅是最后失去联系，而是那个时代对他们青春和梦想的亵渎，是“被失踪”了。这是一个时代的悲剧。从这个角度上说，“寻找”的意义其实也是作者对一个扭曲了的时代的审问和思考，是对知识、真理、正义、良知和尊严的热切呼唤。

总之，陈老师美丽、智慧、善良，高尚，细心、包容、坚毅，是一个值得爱戴和尊敬的老师，她在贫穷落后的西海固地区的生活和经历，给我们留下了一幅幅难忘的唯美画面，而政治阴霾给这画面涂染上了悲剧的色调，给这真挚的情意一个茫然的归宿。

（原载《彭阳文学》2010 年第 1 期）

春花开故乡　秋月照塞上

——读项宗西诗词自选集《春色秋光》有感

张　嵩

展卷品读《春色秋光》，仿佛行走于岁月的年轮之上，时空转换，一会儿让你留恋于江南旖旎的水色风光，一会儿又让你徜徉于塞上雄浑的山川美景，忘情其间，不能自已。春色是那样的娇媚，秋光又是那样的绮丽，只有你亲身感受了，你才知道什么是诗。人生的阅历，诗意的感悟，时序的交替，生活的印痕，一切都在诗中得到了极大的丰富。没有成长的痛苦与快乐就没有人生真切的体验与感触，“韶光虽易逝，秋色胜春光”（《塞上重逢》）；没有生活的经历与追求就没有创作的真实和责任，“影里红妆谁家女，秋光揽尽展诗才”（《奉和回赠摄影同乐会诸君》）。画意诗情，多彩人生，舒卷绚烂，引人陶醉。

《春色秋光》共收录了诗人创作的新旧体诗词作品、楹联 65 首（幅），最早的写作于 1964 年，最晚的则落笔于 2011 年 3 月，时间跨度几近五十个春秋。作品不多，精品不少，半个世纪以来诗人对生活的热爱之情始终未变，创作风格相承一脉，随着时代的沧桑变迁，精神世界的博大丰厚，诗的意境愈高，诗的味道愈浓，这在诗人的每一首诗作中都能得到印证。

春来江水绿如蓝

亮丽的“春色”象征着人的青春华年，那是多么美好的快乐时光。诗人生长于杭州，在这里度过了青少年时代，江南的一山一水、一草一木已经深深地植根于诗人的血脉之中，不论将来走到哪里它都萦绕着诗人，都是诗人温柔的梦乡。在以后的年月里，诗人虽然身处异地他乡，只要是与家乡有关的诗作，它的根都发轫于江南的“春色”，这也是他创作的动力和源泉。诗人 18 岁时上山下乡离开家乡来到数千里之外的塞上宁夏，虽然就此把自己的命运和第二故乡紧紧地联系在了一起，但对生养他的故里家井却是一生的情怀，并在感情的思恋中不断地得到提升。家乡在人们的心中永远是精神的依靠，人们歌颂她、赞美她、思念她，怎么都不为过。且看诗人离开家乡的前一年，即 1964 年写的一首《登高》：“捷足登玉皇，西湖在望。烟树丛丛水色茫，轻舟如梭划细浪，人间天堂。极目眺钱塘，舟楫满江。扬帆吐气齐争上，满眼秋色稻花香，锦绣家乡。”年轻的诗人登上了杭州西湖南侧的玉皇山，近观西湖，远眺钱塘，水光山色参差交错，舟楫往来稻花飘香。诗中的画面由近及远，动静相连，眼界开阔，赏心悦目，秋天的美景一望而收，令人十分舒畅。全诗语言流畅明快，字里行间无不洋溢着对美丽家乡、人间天堂的赞美和爱赏。这是一首没有词牌名的词，风格、手法颇得宋词意境。诗人正值青春年少、意气风发，在他才情激扬的笔下，在他清纯明亮的眼中家乡的美是一种天然的美，是一种纯粹的美。正是这种天然的成分、纯粹的美景让人深受感染。这就是诗的力量！从这首诗中可以看出诗人受古典文学影响之深，在年少时就已经打下了坚实的古诗词写作基础。此后，诗人离开故土远赴塞上，对家乡的悠悠情结化作了对亲人的思念、对朋友的记挂、对山水的遥想、对草木的寄怀。随着时间的推移，这种思绪愈感强烈。“忧心日夜系东南，病榻慈颜度岁艰。祈使回天神助力，沉疴扫尽慰天年。”在这首《思亲》诗中，诗人在除夕之日，夜不能寐，思父甚切，老父年逾九秩，卧病在床，怎能不让人思念！诗人不能尽孝床前，侍奉老父，“忧心日夜”，是何等心情！只能祈盼“神力”相助，让父亲减轻病痛，颐享天年。真可谓满篇衷情，爱透纸背。血浓于水的父子亲情、心系东南的浓郁乡情、一生都难以厘清的缕缕思情交织在一起，实难分开。无尽的思恋，人性的至真，在诗中得到了真切的体现。《丁亥春登杭州吴山城隍阁》一诗更是借赞美眼前的风景而抒发诗人心中无限的感怀："江流天际色空濛，西子春深绿胜红。十里吴山千叠翠，凭栏雨霁醉东风。"从诗人在此诗的自序中可以看出，他是一个"远方的游子"，每次回杭都是来去匆匆，"这次连西湖的面还没有见上" 就要离开，为了弥补缺憾，诗人得空登上了吴山，饱览的是西湖及吴山的秀丽景色，寄托的却是自己思恋家乡的满腔柔情，以此来了却难以用语言表述的一种"心愿"。远处钱塘依稀，近处西湖浩渺，雨后踏青，吴山滴翠，眼中情景，与42年前《登高》一诗的内容何其相似，但毕竟已时过境迁，美景依旧，诗人却成他乡之客，"感慨系之"，谁不动情？正合乎"江南游子，把吴钩看了，栏杆拍遍，无人会，登临意"的深远意境！此时此刻，此情此景，谁人能够领悟诗人的胸襟？"多情自古伤离别"，诗人的高明之处就在于把自己的忧伤深藏于心底，不露痕迹，始终展现给人们的是家乡秀美的景色，积极、乐观的处世心态使人不得不折服。《夜读故乡学友寄来贺岁诗笺有感》《送静文奉调回故乡》《水调歌头·送友之沪》等作品都蕴含着诗人对家乡的眷眷恋情。这是一种情结，它所具有的象征意义，就是把诗人青少年时代的人生体验与生长经历寓于江南"春色"之中，情景兼融，终身不弃，伴随诗人踏上一个又一个前行的征程。

塞下秋来风景异

从春色明媚的江南到秋光灿烂的塞上，既是命运的安排，也是生命的飞跃。不离不弃的江南是一种故里情怀，是诗人心中永远的"春色"；痴心痴意的塞上却是另一种人生情缘，是诗人身上彰显出的个人魅力的"秋光"。春华秋实，秋月圆朗。诗人以自己的丰富阅历用诗道出了他对塞上的真情和挚爱，展现了岁月之秋、收获时节的稔熟与厚重。如果说诗人描写江南的诗有丝丝柔情的话，那么他的塞上诗则是豪情满怀、气势激荡。他在《塞上瑞雪》中写道："莫道朔方梅信迟，银龙舞雪展春姿。倾城玉树琼花放，先夺东风第一枝。”塞上地处沙漠边缘地带，气候干燥，雨雪鲜有。不期天降瑞雪，银龙飞舞，玉树琼花，如同春来。诗人用形象化的语言比喻瑞雪不输腊梅，满城绽放，报得春归，使人欣喜，自信之情溢于言表。“倾城玉树琼花放，先夺东风第一枝”，妙手回春，既奇且丽，大有“忽如一夜春风来，千树万树梨花开”的气魄，边塞诗风，一脉相袭，更显瑰丽奇崛。这首诗与另一首《固原返银途中遇雪》：“纷飞瑞雪报春萌，玉树琼枝妆凤城。喜入农家逢‘两会’，银装万顷兆年丰。”互为姊妹篇，都是以雪为题，前者状景，后者写实，贴近生活，关注民生，具有鲜明的现实主义意义。两首诗的特点皆是诗意凝练，意气豪迈，寄景抒情，情景交汇。但从豪放的风格来说，《水调歌头·黄河金岸》则更具代表性：“破雾云涛涌，撼日浪排空。昆仑西极寒彻，紫气贯溟东。峡出青铜高坝，一望平畴无际，满目尽葱茏。晚照渔歌里，千载唱豪雄。　　金堤固，楼阁起，跨长虹。锦城雾列襟抱，辐辏九衢通。云集冕旒才俊，鼎兴商工百业，天府势乘龙。漠北腾飞日，指点傲苍穹。”通篇立意高远，一气呵成，音调激越，“读之令人起舞”（清·陈廷焯《白雨斋词话》）。黄河西来的雄姿，塞上田园的壮景，宁东建设的新貌，首府发展的跨越尽入词中。“平畴无际”“渔歌晚照”，缤纷五彩，何等绚丽；“辐辏九衢”“云集冕旒”，气象万千，何等气概！一幅新天府——塞上江南的壮美画卷跃然纸上，酣畅淋漓，不可抑勒。塞上的些许变化都会给诗人带来无限的喜悦，诗人在这块热土上生活、工作了40多个春秋，把自己人生最美好的年华献给了塞上，真正是血汗交织着的感情的融入，没有刻骨铭心的感情是写不出如此感人肺腑、撼人心魄的作品的。再看《春到六盘》：“立马陇山第一峰，曾挥椽笔写苍穹。犹闻鼓角长城疾，欣看山花塞上红。林蔽莽塬襟翠嶂，笛鸣峡隧驭银龙。无边春色萧关道，千里乘风溯雁踪。”六盘山古称陇山，是1935年10月红军长征翻越的最后一座高山，是革命老区，但新中国成立以后长期处于贫困状态。改革开放以来，在党中央、国务院和自治区党委、政府的亲切关怀下，通过广大干部群众的不懈努力，近年来六盘山区的面貌发生了显著变化。诗人看在眼里，喜在心上，深

情地在诗的原注中写道:“己丑年春,固原市重点建设项目会战启动,适逢第五届六盘山山花节开幕。昔日长征路上,旌旗漫卷,山花红遍,有感而赋。”何以“林蔽莽塬”“山花红遍”,全得益于退耕还林,生态移民;何以汽笛鸣奏,萧关春早,全得益于党的惠民政策。诗人曾经也为固原的建设与发展付出了心血,眼见这一片“人间乐土”的变迁,倍感欣慰。自不待言,山区人民一定会“千里乘风溯雁踪”,把自己的家乡建设得更美好。到那时,诗人眼中的“秋光”当会愈加灿烂辉煌,迸射出鲜艳夺目的光彩!

春花秋月同辉映

从春到秋,经历了多少人生的酸甜苦辣、多少喜怒哀乐,每一步走得坚实,才能离辉煌的顶点更近。诗人的创作也是自己人生的写照,社会生活的反映。没有春的耕耘就没有秋的收获。春色明媚才能秋光灿烂。细读《春色秋光》中的每一首诗,都会有不同的感受,但有一点是相同的,那就是注重形象思维,语言清雅,意境高远。“归心遥寄与明月,万里清辉照越乡”(《夜读故乡学友寄来贺岁诗笺有感》),“犹诉兴衰千古事,涛声日夜大江东”(《登庐山》),“欲圆游子思乡梦,还借灵峰万点梅”(《鹧鸪天·咏梅》)等就是例证。因情设境,境由心生,笔力细腻,精妙传神,“优美”与“宏壮”兼得。“无我之境,人惟于静中得之。有我之境,于由动之静时得之。故一优美,一宏壮也。”(王国维《人间词话》)。意境离不开形象思维,因为“通过形象思维,可以使相距万里的携起手来;反之,也可以使原来在一起的挥手告别”(艾青《诗论》),可见形象思维的重要性。在诗人的笔下,不论寄怀、感事、抒情、写景,皆注重形象思维:“难能西北旅,相见鬓飞霜。归雁长河歇,疏林大漠黄。”(《塞上重逢》)“回眸一瞥动魂魄,天上人间梦里思。”(《无题》)“昆仑砥柱中流,扫雾霭雷霆展壮猷。更南巡一曲,霞飞潮涌。北归双璧,荆紫荷幽。雪域长虹,峡江高坝,揽月飞船任漫游。”(《沁园春·新中国成立六十周年》)这些诗词运用形象化思维的语言,情思深沉,意蕴广大,“神与境会,忽然而来,浑然而就”

（明·王世贞《艺苑卮言》），使全诗生动、空灵，在境界上上升到了一个较高的艺术层次，从而也收到了很好的审美效果。诗集中最为突出的一个艺术特点，就是诗人把“春色”“秋光”相互交织、映衬，超越时空，在抒写江南的诗中常常嵌入歌唱塞上的诗句，在描绘塞上的词里又时时不忘填上怀念江南的妙语。虽然这种感情是复杂的，但也是炽热的，更是真挚的。因为在诗人的心目中“两个”故乡是同等的重要，不分彼此，一往情深，都给予了他人生成长丰富的营养。诗人以诗词寄托情愫，感时怀事，布景造境，铺叙爱意，热忱地表达他对“故乡”的痴情。这不仅仅是一种艺术的创造，更是一种情与爱的投入。“一曲江南好，当歌塞上行”（《塞上行·爱伊河》），“西湖借我三巡雨，塞上赢来一岁丰”（《黄梅时节江南雨之雨中遐思》），“同举金樽唯祝愿，江南塞北共春风”（《羊年春节回乡有感之二》），“乡思切，江南烟柳长城月”（《忆秦娥·塞上情》），“塞上耕耘砺志艰”“万缕相思送江南”（《鹧鸪天·拜年》）等等。这些诗（词）作既有浪漫的情调，又有现实的吟唱，不落纤巧，不事深泽，十分“性情”，颇显新颖别致。“诗本性情，当以性情为主。”（清·赵翼《瓯北诗话》）不用说，诗人是性情中人，他懂得用诗的语言去抒发自己的情感，他对“故乡”的爱就是在诗的抒发中得到了升华。我想只有通过对诗人作品细细的品味，才能慢慢感知诗人为人处世、情重于山的内心世界。需要指出的是，诗人的作品不乏婉约之韵，但以豪放为主，更具革命乐观主义精神，不但继承了盛唐边塞诗雄奇豪迈的诗风，而且在探索中进一步拓宽了诗的题材，融入了全新的社会生活内容，为当代新边塞诗的兴起、发展、壮大起到了积极的助推作用。

岁月更替，春秋同辉。愿诗人紧随时代跳动的脉搏，焕发出不竭的艺术生命力，以“嫣红姹紫笑天涯”（《三角梅》）的气度、以“啸傲神州一放歌”（《虎年新春放歌》）的豪情，再攀诗词的高峰！

（原载《朔方》2012 年第 7 期）

唐代屈宋接受之地域性考论

祁国宏

宋人黄伯思《新校楚辞序》云："盖屈宋诸骚，皆书楚语、作楚声、纪楚地、名楚物，故可谓之楚辞。"①从古人一些对楚骚风格独标的情辞及内容特点进行探讨的评论中，往往可见他们对其地域性特征的认识。而所谓唐代文学屈宋接受的地域性，最主要的就是指唐代诗文作家或因其本身即生于楚地，或因其在较长一段时间内留滞楚地，或因其短时间内漫游经行楚地，从而受到楚文化的浸染和熏陶，在其诗文作品中表现出对屈宋其人的追念和怀思，在其具体的文学创作活动中表现出对屈宋辞赋的有意学习和效仿，写出了一些内含楚骚遗韵风神的诗文作品。

其一，生于楚地之作家的屈宋接受。

唐代的楚地本土作家，据陈尚君《唐诗人占籍考》所列有一百二十多人，其社会身份地位差异很大，各自的文学成就亦大小悬殊。纵观这些楚地诗人的文学成就，较知名者有岑参、戎昱、张继、孟浩然、韩翃、张祜、郑谷、李群玉、段成式、李宣古、秦韬玉、胡曾、齐己和皮日休等。其他大多数诗人都诗名不显，往往仅存诗数首或一首。此外，在《全唐诗》中无诗作存留而在《全唐文》中有作品著录的楚地文人较知名者尚有刘蜕。大体而言，屈宋辞赋的诞育盖得益于楚地独特的地理、气候、民俗风物，及因之而长期形成的文化精神和文化氛围等条件，反过来它又以其悲壮哀怨的情辞和风格高标的文学成就给后世以莫大影响，尤其是对楚地文学的沾溉滋养之功甚大，推动了楚文化和楚文学的巨大发展,并使其成为了古代文化史和文学史上最重要的一个组成部分。因此,我们认为无论是作为楚文学史发展链条上的一环,还是作为整个中国古代文学史发展链条上的一环,唐代楚地作家的诗文创作都先天地必然地要染上屈宋辞赋的浓重色彩。而这种色彩,从唐代文学屈宋接受的整体角度而言,就是一种明显的地域性特征。当然,有些诗文作家虽占籍属楚地,但其主要文学活动却是在楚地以外的其他地区,如边塞诗人代表岑参、“大历十才子”之一的韩翃等,因之他们诗文创作中的楚文化色彩便淡一些,对屈宋辞赋的接受也就少一些。不过总会有某种屈宋式的楚文学因子渗透在他们的诗文当中,如岑参便在诗文中称引过屈骚和宋玉,即“帝城谁不恋,回望动《离骚》”,“城边宋玉宅,峡口楚王台”,“楚王犹自惑,宋玉且将归”等。唐人殷璠《河岳英灵集》认为岑参诗“语奇体峻,意亦造奇”[②]也可谓揭示了这一点,因为屈宋作品的“瑰诡慧巧”和“耀艳深华”也正是奇丽、怪奇的一种表现,这说明文学的地域性特点也自有其微妙而不易察觉的渊源和传承关系。至于其他不仅生于斯长于斯,而且其主要的文学活动也多限于楚地境内的诗文作家,屈宋于他们而言即是最熟悉也最亲近的古人,为屈宋遭遇鸣不平的叹惋之声便常常出现在他们的笔端,仅孟浩然就有三首哀悼屈子的诗作,郑谷、胡曾、李宣古等也皆有此类诗作。下举数例。

为多山水乐,频作泛舟行。五岳追向子,三湘吊屈平。(孟浩然《经七里滩》)

树白看烟起,沙红见日沉。还因此悲屈,惆怅又行吟。(张祜《洞庭南馆》)

凄凉怀古意,湘浦吊灵均。故国经新岁,扁舟寄病身。(郑谷《南游》)

襄王不用直臣筹,放逐南来泽国秋。自向波间葬鱼腹,楚人徒倚济川舟。(胡曾《咏史诗·汨罗》)

愤声高，怨声咽，屈原叫天两妃绝。（李宣古《听蜀道士琴歌》）

正是因为楚地本土诗文作家与屈宋之间存在着这样一种因地域关系而产生的情感认同，所以其诗文创作同时也便表现出对屈宋辞赋更自觉的学习和接受。这种接受最直接的体现是，唐代楚地本土作家的诗文中大量而频繁地出现屈宋作品中的语词物象，如地名类的苍梧、巫山、洞庭、湘水等；草木类的枫、橘、兰芷、藤萝等；人物类的帝舜、湘妃等。这是因为唐时虽上距屈宋时代几近千年，但地理气候条件及自然生态并未发生很大变化，生活在这样一种大致相同环境中的作家，当后来者面对前贤辞赋中熟悉的物象时自然会倍感亲切，因而也就更易于引用化用它们到自己的诗文中。此其一。屈宋辞赋总体上有别于《诗经》的质朴、简洁和明快，表现出浓浓的哀感悱恻和反复唱叹，其主旨常流露出怀乡恋土和高蹈适意的归隐情怀，其情感抒写常表现出重个性挥洒的主观特征，其用词造语常显现出清艳婉茂的色彩，所有这些在唐代楚地本土作家的诗文中亦得到了较明显的体现。如孟浩然“弃置乡园老，翻飞羽翼摧。故人今在位，歧路莫迟回”，张祜“乡心日云暮，尤在楚城边”，胡曾“谁念都门两行泪，故园寥落在长沙”等，便颇同于《哀郢》中“鸟死反故乡兮，狐死必首丘”和《九辩》中“憭栗兮若在远行，登山临水兮送将归”的基调。

楚地本土诗文作家中，较集中地体现了唐代文学屈宋接受地域性特征的当属李群玉、齐己和刘蜕，因为他们的作品既一再称引屈原、宋玉，又多方面借鉴屈宋辞赋的表现手法，汲取其精神蕴意。李群玉在其《进诗表》中自谓：“以居住沅湘，宗师屈宋，枫江兰浦，荡思摇情”[③]，表明了他对屈宋的自觉接受。据笔者检索唐诗所得数据，李群玉称引宋玉及引用化用宋玉辞赋的诗作计有 18 首，占其全部 268 首存诗的比例为 6.7%，在包括李白、杜甫、李商隐等 20 名选作定量分析的诗人中排第一位。此外，他还有数首咏及屈骚的作品，如“落日潇湘上，凄凉吟《九歌》”，“楚客罢奇服，吴姬停棹歌。涉江无可寄，幽恨竟如何"，表达的也是对屈子千古沉冤的哀痛之情。齐己虽为诗僧，但对屈宋亦怀有深情，屡有或感叹或称赏屈宋的诗作，如"君不见楚灵均，千古沉冤湘水滨"，"可怜宋玉多才思，不见天门十六峰"等。刘蜕在《全唐文》中有文一卷，其《古渔父四篇》和《吊屈原辞三章》即是有意学习屈子风神的专门制作。如《哀湘竹》《下清江》《招帝子》等篇其实就是骚体诗，句中杂用"兮"字，错落有致。刘熙载谓其"学《楚辞》有深致"，"颇得《九歌》遗意"。④

其二，过境楚地与留滞于楚地之作家的屈宋接受。

籍贯不属楚地却因贬谪、赴任过道及漫游等各种原因而短期经行楚地或长期留滞楚地的诗文作家，他们在楚地创作的诗文作品往往带有较浓烈的楚骚色彩，遂形成了唐代文学屈宋接受地域性的另一种表现。同时代人即已注意到了此种现象，如权德舆在其《送张校书归湖南序》中就说："献岁南征者，以寓环堵于长沙故也，亦将参质文于屈宋，详岁时于荆楚。"⑤在《送张评事赴襄阳觐省序》中又说："群贤以地经旧楚，有《离骚》遗风，凡今宴饯歌诗，惟楚词是敩。"⑥

唐代早期流贬到楚地的知名文士有王昌龄、张说、张九龄、崔成甫、李白、贾至等，仕宦或漫游楚地的有杜甫、刘长卿、戴叔伦等。以下举其诗文一二以言之：

枫林已愁暮，楚水复堪悲。别后冷山月，清猿无断时。（王昌龄《送张四》，见《全唐诗》卷一四三）

咿嚘不可信，以此败怀王。客死峣关路，返葬岐江阳。啼狖抱山月，饥狐猎野霜。一闻怀沙事，千载尽悲凉。（张说《过怀王墓》，见《全唐诗》卷八十六）

意神奇之可接，陟彼峻隅；想风景之不殊，翦为茂草。司马公又以为岘山故事，感羊祜以兴言；湘水遗风，怀屈原而可作：况登高能赋，得无述焉？（张九龄《岁除陪王司马登薛公逍遥台序》，见《全唐文》卷二百九十）

我是潇湘放逐臣，君辞明主汉江滨。天外常求太白老，金陵捉得酒仙人。（崔成甫《赠李十二白》，见《全唐诗》卷二六一）

何事长沙谪，相逢楚水秋。暮帆归夏口，寒雨对巴丘。帝子椒浆奠，骚人木叶愁。惟怜万里外，离别洞庭头。（刘长卿《巡去岳阳却归鄂州使院留别郑洵侍御侍御先曾谪居此州》，见《全唐诗》卷一四七）

昔人从逝水，有客吊秋风。何意千年隔，论心一日同。（戴叔伦《湘中怀古》，见《全唐诗》卷二七三）

泛览这些诗文，可谓楚风扑面，其中除了有同于屈宋辞赋中的地理、人物和草木等物象外，亦多有对屈宋其人的怀悼和对其文创作手法的学习。王昌龄在楚地滞顿时间较长，其诗作哀怨凄切之音甚重。清人沈德潜评曰："深情幽怨，意旨微茫，令人测之无端，玩之无尽，谓之唐人骚语可。"[⑦]。张说由朝廷高官而贬往楚地，其际遇与屈子有更多相似之处，发而为文也便多悲怨凄清之声。《唐诗纪事》因评其楚地诗作云："谪岳州后，诗益凄婉，人谓得江山助云。"[⑧]，这种种说法其实就是对刘勰"屈平所以能洞鉴风骚之情者，抑亦江山之助乎"的搬用。唐人当时在评说屈宋辞赋时亦多类似议论，如王勃《越州秋日宴山亭序》称："南国多才，江山助屈平之气。"李华《登头陀寺东楼诗序》云："屈平、宋玉，其文宏而靡，则知楚都物象，有以佐之。"由此而言，正是因为屈宋作品本身具有浓厚的地域特点，从而使后世文学对它们的接受也表现出了较明显的地域特点。

唐代中晚期流贬留滞楚地的知名文士有崔湜、吕温、杨凭、韩愈、元稹、柳宗元、刘禹锡、吴融等，仕宦或漫游楚地的有张谓、郎士元、孟郊、窦常和许浑等。以下试再举其诗文以觇之：

暮雨朝云几日归，如丝如雾湿人衣。三湘二月春光早，莫逐狂风缭乱飞。（杨凭《春情》，见《全唐诗》卷二八九）

猿愁鱼踊水翻波，自古流传是汨罗。蘋藻满盘无处奠，空闻渔父扣舷歌。（韩愈《湘中》，见《全唐诗》卷三四三）

神明固浩浩，众口徒嗷嗷。投迹山水地，放情咏《离骚》。（柳宗元《游南亭夜还叙志七十韵》，见《全唐诗》卷三五二）

昧者理芳草，蒿兰同一锄。狂飙怒秋林，曲直同一枯。嘉木忌深蠹，哲人悲巧诬。灵均入回流，靳尚为良谟。我愿分众泉，清浊各异渠。我愿分众巢，枭鸾相远居。此志谅难保，此情竟何如。湘弦少知音，孤响空踟蹰。（孟郊《湘弦怨》，见《全唐诗》卷三七二）

宋玉含凄梦亦惊，芙蓉山响一猿声。阴云迎雨枕先润，夜电引雷窗暂明。（许浑《早秋韶阳夜雨》，见《全唐诗》卷五三五）

较之唐代早期，唐代中后期往来楚地及长期淹留楚地的文人更多一些，他们在楚地创作的诗文作品量也更大一些。以上引例只是选取了少数有代表性的作家的一两篇诗作，若能通读有过流寓楚地经历之唐代文人的全部诗文，仅凭诗文标题和行文中繁多的富有楚地特色的语词，即能初步断定它们是作者创作于楚地的作品，进一步的内容分析往往便印证了我们的判断。因为这些诗文不仅大量描写到了楚地风物，同时它们还自然而然地接受了以屈宋辞赋为代表的楚文化和楚文学的影响，染有较深的楚骚特色。正如韩愈在《祭河南张员外文》中所言："南上湘水，屈氏所沉。二妃行迷，泪踪染林。山哀浦思，鸟兽叫音。予唱君和，百篇在吟。"[9]凡经行楚地或留顿楚地的文人，他们首先会感于楚地风光物态之独特，次之自然就会想到屈宋辞赋对此地域人情风习之叙写，因此，其一旦有所触动而吟咏为文则必然会使用他们较为熟悉的得自于书册典籍的楚骚意象，必然会借鉴学习楚骚惯用的比兴手法。如果再考虑到这些经行或留顿楚地的文人，往往都是流贬官员或穷困不得志者，楚地于他们而言既是远离家乡尤其是中原的异方，而且还具有现实和文化传统上的双重蛮荒之义。那么，屈宋辞赋务于哀

伤悱恻的抒情模式，也就同时必然要为这些在楚地创作的迁客词人们当作可心可意的养料所汲取了。清人程学恂评韩愈《八月十五夜赠张公曹》云："此诗料峭悲凉，源出《离骚》，入后换调，正所谓一唱三叹有遗音者矣。"[10]评其《感遇四首》其二云："第二首直用《楚辞》语，明其所感同也。满怀郁郁，感时伤老。"[11]，这些可谓都是对唐代楚地流寓诗文屈宋接受地域性的一种揭示。

正如唐人所言："沅、湘间沉怨抑激，有屈原遗风。"[12]"其君子好义而尚文，其小人力耕而喜斗。而其俗信巫鬼，悲歌激烈，呜呜鸣鼓角鸡卜以祈年，有屈宋之遗风焉。"[13]以此，以外乡人身份而进入楚地的各种文人，其在楚地创作的诗文也就有了"屈宋之遗风"。从上引张谓、窦常、吴融、许浑和韦庄等人的吟咏中，我们已能感受到这种文学接受中所表现出的地域性特点。如果再加上柳宗元"投迹山水地，放情咏《离骚》"而在楚地创作的诗文，则唐代文士因经行或留滞楚地而自觉学习接受楚骚的地域性特点会得到进一步的证实，因为柳宗元对楚骚的接受不仅是唐代文人中最明显最深刻的一个，甚至也是整个楚辞接受史上最深刻的一个。若要追问其亲近屈骚接受楚辞的原因，非常重要的一点就是贬官南楚的经历使然。

（原载《名作欣赏》（中旬刊）2010年第12期）

注释：

①[宋]吕祖谦等编：《宋文鉴》卷九十二《新校楚辞序》，中华书局1992年版，第1307页。

②[唐]殷璠：《河岳英灵集》卷中，引自《唐人选唐诗》，上海古籍出版社1978年版，第81页。

③[清]董诰等纂修：《全唐文》卷七百九十三，中华书局1983年版，第8318页。

④[清]刘熙载：《艺概·文概》，江苏古籍出版社2001年版，第75页。

⑤《全唐文》卷四百九十一，第5017页。

⑥《全唐文》卷四百九十二，第5025页。

⑦[清]沈德潜：《唐诗别裁集》卷十九，中华书局1975年版，第263页。

⑧[宋]计有功:《唐诗纪事》卷十四,中华书局 1965 年版,第 196 页。

⑨《全唐文》卷五百六十八,第 5750 页。

⑩⑪钱仲联:《韩昌黎诗系年集释》,上海古籍出版社 1994 年版,第 263、372 页。

⑫[唐]元稹:《授齐煚饶州刺史王堪沣州刺史制》,见《全唐文》卷六百四十九,第 6582 页。

⑬[唐]李远:《送贺著作凭出宰永新序》,见《全唐文》卷七百六十五,第 7950 页。

论皇甫谧的赋学观念

——以《三都赋序》为例

安正发

皇甫谧(215~282年),字士安,安定朝那(今宁夏固原东南)人,魏晋时期的著名学者。他从小就随叔父迁居新安(今河南渑池县),在叔母的教诲下开始发愤学习,终于成为在文学、史学和医学各方面卓有成就的学者。皇甫谧的成功既与他自身的努力有关,也与他当时所处的环境有很大的关系。当时洛阳是全国政治、经济、文化中心,皇甫谧所居的新安距离京师洛阳较近,使他深得时代风气和当地文化的熏陶和濡染。此后,他基本上一生都是在这一区域生活、读书、著书、授徒,成为历史上著名的隐士和学者。其《帝王世纪》《高士传》和《针灸甲乙经》对后世都产生深远影响。虽然皇甫谧是一位不愿做官的隐士,著述也多已亡佚,但他的思想和成就是处于时代前列的,其文学思想尤其是赋学观念既与时代风气大体一致,又有所超越,有自己独特的认识。本文即以《三都赋序》为例来探讨皇甫谧的赋学观念。

皇甫谧是应左思之请为其《三都赋》作序。皇甫谧序和左思序都保存于《文选》中。《晋书·左思传》载其事云:

> 及赋成,时人未之重。思自以其作不谢班、张,恐以人废言,安定皇甫谧有高誉,思造而示之。谧称善,为其赋序。……陈留卫权又为思赋作《略解》,序曰:"余观《三都》之赋,言不苟华,必经典要,品物殊

类，禀之图籍；辞义瑰玮，良可贵也。有晋徵士故太子中庶子安定皇甫谧，西州之逸士，耽籍乐道，高尚其事，览斯文而慷慨，为之都序。[①]

《世说新语·文学》记载：

> 左太冲作《三都赋》初成，时人互有讥訾，思意不惬。后示张公，张曰："此二京可三，然君文未重于世，宜以经高名之士。"思乃询求于皇甫谧。谧见之嗟叹，遂为作《叙》。于是先相非贰者，莫不敛衽赞述焉。[②]

而《世说新语·文学》刘孝标注引《左思别传》云：

> 思字太冲，……及长，博览名文，遍阅百家。司空张华辟为祭酒，贾谧举为秘书郎。谧诛，归乡里，专思著述。齐王冏请为记室参军，不起。时为《三都赋》未成也。后数年疾终。其《三都赋》改定，至终乃止。……思造张载，问岷、蜀事，交接亦疏。皇甫谧西州高士，挚仲治宿儒知名，非思匹伦。刘渊林、卫伯舆并早终，皆不为思赋序注也。凡诸注解皆思自为，欲重其文，故假借名姓也。[③]

《左思别传》否定皇甫谧为《三都赋》作序，认为是左思自为，还说左思与张载交接亦疏，刘逵、卫权在《三都赋》完成之前已经去世。然而只要认真核实相关资料，即可发现《左思别传》的记载并不可靠。因为给《三都赋》作叙注的张载、刘逵和卫权三人的卒年虽不能完全确考，但据现有史料考察，他们都在"八王之乱"中出现过，其卒年至少在晋惠帝永平元年（291 年）以后。

《左思别传》的不可靠，清代学者严可均早已指出："别传失实，《晋书》所弃……今皇甫序、刘注在《文选》，刘序、卫序在《晋书》，皆非苟作……《别传》道听途说，无足为凭。《晋书》汇十八家旧书，兼取小说，独弃《别传》不采，斯

史识也。”④

关于皇甫谧作《三都赋序》，应该是真实可信的，近年来已有多位学者所论甚详，兹不赘述。序有自序和他序，《三都赋》有左思自序和皇甫谧序。自序是作家在开篇时用极简要的文字，或陈述叙说自己的创作思想和经过，或述评历史人物的得失，或阐述自己对某些问题的见解。而他序一般是评价和发挥原作的用意。皇甫谧《三都赋序》关于《三都赋》的评价，即属于这一类型。

一、对两汉的赋论既有继承又有所创新

最早讨论赋体及其创作的，似为辞赋大家司马相如。葛洪在《西京杂记》中记录了司马相如回答盛览关于作赋的方法：“合綦组以成文，列锦绣而为质；一经一纬，一宫一商，此赋之迹也。赋家之心，苞括宇宙，总览人物，斯乃得之于内，不可得而传。”⑤司马迁也在《史记·司马相如列传》和《太史公自序》中分别评论了司马相如的赋作：“相如虽多虚辞滥说，然要其归引之节俭，此与《诗》之风谏何异？”“《子虚》之事，《上林》赋说，然其指风谏，归于无为。”司马迁既肯定了司马相如赋的成就：“引之节俭”，“此与《诗》之风谏何异”；也指出了他的不足：“多虚辞滥说”“靡丽多夸”，开创了赋论史上评论赋家及其作品风气之先声。

稍后的扬雄，起先“好辞赋”，并模拟司马相如赋作，然而赋的“靡丽多夸”的形式与实际讽谏作用之间的矛盾，即华丽的辞藻与讽谏效果之间的差距，使扬雄对赋批评较多。《汉书·扬雄传》载：“雄以为赋者，将以风之也。必推类而言，极丽靡之辞，闳侈巨衍，竞于使人不能加也”。扬雄认为赋体作品具有夸张、铺排及语言上华辞丽藻的特点。所谓“诗人之赋丽以则，辞人之赋丽以淫”。他对诗人之赋和辞人之赋都做了总结，并指出两者的不同，但也同时指出了无论诗人之赋还是辞人之赋都具有“丽”的特点。此“丽”正如皇甫谧《三都赋序》所言的“赋也者，所以因物造端，敷弘体理，欲人不能加也。引而申之，故文必极美；触类而长之，故辞必尽丽。然则美丽之文，赋之作也。”

东汉的班固注重赋的歌功颂德的思想内容，在《汉书·艺文志》中写道：“春秋之后，周道浸坏，聘问歌咏不行于列国，学《诗》之士，逸在布衣。而贤人矢志之赋作矣。”认为辞赋和《诗经》一样，具有怨刺精神。而班固的《两都赋序》不仅叙述了《两都赋》的写作背景和主旨，尤其是对赋源流的考辨、兴盛原因的阐述以及价值和作用给予了肯定，明确地将赋的政治道德作用同《诗经》联系起来，强调赋的作用在于“或以抒下情而道讽喻，或以宣上德而尽忠孝，雍容揄扬，著于后嗣，抑亦雅颂之亚也”。所谓“抒下情而道讽喻”“宣上德而尽忠孝”，对屈原作品的艺术形式给予肯定，认为是汉赋之宗：“然其文弘博丽雅，为辞赋宗，后世莫不斟酌其英华，则象其从容。”⑥这些都是皇甫谧之前赋论的主要观点。

皇甫谧在《三都赋序》中首先借用班固的“赋者，古诗之流也”，表明了自己的观点，认为“不歌而诵为之赋”，虽然都没有超出前代学者的认识，但他对赋的文体特点亦有新的认识：

> 古人称不歌而颂谓之赋，然则赋也者，所以因物造端，敷弘体理，欲人不能加也。引而申之，故文必极美；触类而长之，故辞必尽丽。然则美丽之文，赋之作也。昔之为文者，非苟尚辞而已，将以纽之王教，本乎劝戒也。

皇甫谧的“古人称不歌而颂谓之赋”“因物造端”等语出自《汉志》，是继承刘歆和班固的看法，而“欲人不能加也”是扬雄的观点，这是皇甫谧对前人的继承，但也有所不同，扬雄认为赋“闳侈巨衍，竞于使人不能加”的特点造成了“欲讽反动”的不良后果，而皇甫谧却认为司马相如和扬雄等人的赋“皆近代辞赋之伟也”。同时，皇甫谧对赋的文体进行了新的阐释和发挥。他根据赋体的特点，认为“引而申之，故文必极美；触类而长之，故辞必尽丽”，以及

必须"王教，本乎劝戒"。一方面与汉人强调赋的讽谏作用一脉相承，另一方面又认为赋的特点正应该是从某一事物出发，竭力引申、铺陈，达到"欲人不能加"的地步，文辞也因此而应该极尽美丽之能事，旗帜鲜明地肯定赋应是"美丽之文"，这是皇甫谧对赋的新的认识，他指出了赋家在创作上"欲人不能加"的心态。如果与扬雄比较，扬雄反对此种"丽以淫"的写法，而皇甫谧的态度却恰恰相反。与左思比较，也可以看出，左思只是强调赋的"征实"，皇甫谧更在"征实"的基础上要求赋要"纽之王教，本乎劝戒"，即还强调赋的"讽谏"功能。皇甫谧认为，大赋的"极美""尽丽"与"纽之王教，本乎劝戒"是可以相互依存而相得益彰的，这实际上是说辞赋应该用最完美的形式来表现社会功用的内容。

皇甫谧认为为文应以王教风化为主，肯定荀子屈原之赋，而对宋玉的赋评价不高。但值得注意的是，皇甫谧对"赋者古诗之流也"也有自己的理解。他的"诗人之作，杂有赋体"，是说诗人的作品中已杂有"赋"这一体式。所以他说"故知赋者，古诗之流也"，这又是从文体角度论述了赋与诗的关系。这比从政治教化出发认为赋源于诗的见解更有文体探源上的价值。

可以说，皇甫谧《三都赋序》虽折中旧说，引用前人对辞赋的理解，但在某些方面也有自己的独特见解，他"将尚用原则和审美理想进行兼容统一，这体现了他比较积极的文学精神、艺术精神"[⑦]，反映了重视辞藻的时代风气，对后世产生了一定的影响。其弟子挚虞的《文章流别论》，和文学理论家刘勰《文心雕龙·诠赋》，都在某些问题上吸取了他的说法。

二、对前人赋作给予公允、恰当的评价

皇甫谧《三都赋序》从赋体文学发展的纵向角度，对各时代的重要赋体作家做出了历史评价："至于战国，王道凌迟，风雅寝顿。于是贤人失志，辞赋作焉。"这失志之贤人首推荀子、屈原，其"遗文炳然，辞义可观"，是辞赋之首；继之者"宋玉之徒，淫文放发，言过于实"。汉代的辞赋家贾谊、司马相如、扬雄、马融、班固、张衡等则是承接了这个传统，"初极宏侈之辞，终以简约之制，焕乎有文，蔚尔麟集，皆近代辞赋之伟也。”虽然司马相如等人时有夸张失实之处，但其作品“初极宏侈之辞，终以简约之制”，并且能“焕乎有文”，因而也是“辞赋之伟”。皇甫谧是以辞美与教化的两端以及两者的珠联璧合来评判历代辞赋家的得失。虽然他也重视辞意征实的一面，但只不过是对“初极宏侈之辞”的一种制约，而不像左思那样，以考实的一端，“摄其体统”，把写赋的得失，都“归诸诂训”。这正是皇甫谧的赋论不同于并高出左思的地方。正是由于这种理论角度的不同，所以皇甫谧论赋史，能高瞻远瞩，探源溯流，对西汉以来的著名的赋家及其代表作一一给予肯定，从而使人们对西晋以前的辞赋发展史有一个较为完整和全面的认识。[8]

与左思不同，皇甫谧高度评价相如《上林》、扬雄《甘泉》、班固《两都》、张衡《二京》诸赋，因为这种作品虽也竭力铺陈夸张，但曲终奏雅，仍有讽谏之义。他认为宏衍富丽的文辞与讽谏之义并不矛盾。这种评价与序文中提出的赋是“美丽之文”，应“纽之王教，本乎劝戒”是一致的，又与孔子所主张的文质彬彬然后君子说是遥相接应的。可以说，“皇甫谧的文学批评标准兼顾了内容和形式亦即思想与艺术两个方面，这种辩正的文质并重的方法论使他避免了主观偏激，较之左思的文体观念、创作思想和批评态度要客观和公允，合于文学发展的历史，同时也没有远离太康文学的时代主潮。”[9]

三、赋论具有鲜明的时代特征

左思叙其写作《三都赋》的态度：

> 余既思摹《二京》而赋《三都》，其山川城邑，则稽之地图；其鸟兽草木，则验之方志；风谣歌舞，各附其俗；魁梧长者，莫非其旧。

左思认为自己笔下的地理、物产、风习、人物，事事都言必有据，合乎事实，反对“虚张异类，托于有无”。他一方面抨击司马相如的《上林》诸赋都有一些不符合生活事实的描写，所谓“考之果木，则生非其壤；校之神物，则出非其所。于辞则易为藻饰，于义则虚而无征”。标榜自己的《三都赋》，凡山川城邑，都和地图符合，凡鸟兽草木，都是方志上曾经记载过的。另一方面，明确提出了“美物者贵依其本，赞事者宜本其实；匪本匪实，览者奚信”的尚用原则。所谓“依其本”就是要遵循赋物咏志的尚用原则，“本其实”就是赞美事物应避免虚夸以至于失实。左思认为赋应该依本征实，合于圣人经典意旨；取材征实，言必有据。罗宗强先生认为此点“是异于前此所有赋论的”[10]。皇甫谧在《三都赋序》中批评了自宋玉以来，辞赋创作中“淫文放发，言过于实”，“虚张异类，托有于无”的现象，认为这种倾向乖乎风雅，以至于使“祖构之士，雷同影附，流宕忘反”。可以看出，皇甫谧是赞同左思《三都赋》“依其本”“本其实”的辞赋创作主张的，因而对左思《三都赋》“其物土所出，可得披图而校；体国经制，可得按记而验”的取材征实特点，赞赏称善，并为其赋作序。

皇甫谧在序中认为的“昔之为文者，非苟尚辞而已，将以纽之王教，本乎劝戒”的观点既与左思诗赋创作尚用思想一致，又高出左氏一筹。因为他对自宋玉以来，辞赋创作中“淫文放发，言过于实”，“虚张异类，托有于无”的现象给予批判，认为这种倾向乖乎风雅，以至于使“祖构之士，雷同影附，流宕忘反”。王锺陵先生认为，皇甫谧不是对长卿等几个人，而是对于一种传统的批判。为了“润色鸿业”的需要而“虚张异类，托有于无”的做法被抛弃了。而一种“美物者贵依其本，赞事者宜本其实；匪本匪实，览者奚信”的求实的倾向，令人注目地抬头了。这是一个意义重大的转变，是王充“真美”观在经过了约两个世纪以后的现实化。虽然还有胶柱鼓瑟的稚拙，但它标志着当时文艺摆脱两汉传统、肃清虚妄之美的神学审美观的认真努力。并认为这种努力代表了一种严肃的历史意向，给予了很高的评价。[11]

皇甫谧在序中阐发了自己对赋的看法，认为赋是“美丽之文”，而“文必极美”“辞必尽丽”同样是赋的特点。在他看来，侈丽闳衍与讽谏之义，二者应是统一的。这种认识化解了扬雄所言的“诗人”和“辞人”，“丽以则”和“丽以淫”之间的对立。同时,肯定了左思关于赋应该“辞必征实”的观点和其在“征实”方面所做的努力,这种看法也符合当时的时代风气。

皇甫谧“昔之为文,非苟尚辞而已,将以纽之王教,本乎劝戒也”的尚用思想,即注重文章的思想性和社会教育作用。左思《三都赋》之所以殚精竭虑达十年之久,一个重要的原因是所用材料力求事事征实,相较汉人极尽富丽宏伟的京都之赋,左思更注重材料的翔实。有学者指出《三都赋》的流行,“更重要的还是因为这种求实的努力,代表了一种严肃的历史意向,适合了人们求实地认识外物的需要,所以才被竞相传抄。”[12]其实,早在汉末就掀起了一股博涉多通的风气,“是针对经学之士皓首穷一经的弊病而发生的一场学风革新的思潮。博涉多通的学风反映了当时的人们希望全面地把握各种知识,开放性地研究和汲取各家各派的思想,并掌握一些艺术和技艺的意愿,而这正是务本尚用、积极用世的体现。”[13]博涉多通的学风贯注着尚用的精神。这种尚用精神与“明经致用”不一样,它完全体现了士人群体的新精神。到了西晋, 这种风气又得到了进一步的张扬:“因为尚用则求博物之趣,为求博物之趣则当务实,体物宜实则非形似逼真不行。尚用是目的,宜实是原则,博物是手段,形似是境界和效果,这便是西晋尚用宜实文学观念与博物形似文学现象之间奇妙复杂的因果关系。”[14]左思鉴于汉赋的过度铺张曾招致王充等人的指责,便反其道而行之,在征实上用力。为了搜集资料,他访问了熟悉巴蜀的张载,甚至求为秘书郎以便博览群籍。《三都赋》成功的原因和左思占有材料的丰富有很大的关系。

在评论赋史上的各家创作时,皇甫谧的原则也主要是讽谏和征实两方面。而“虚张异类,托于有无”的写法却不合征实的原则,故为皇甫谧所不取,但“左思《三都赋》弥补了两汉赋家在这方面的不足(至少在主观认识上),从而受到皇甫谧的称赞”[15]。因此,有人认为皇甫谧是“以词美与教化的两端以及两者的珠联璧合来评判历代辞赋家的得失”[16]。

他们都具有尚用宜实的文体观念和创作思想,是有一定的社会原因的。

姜剑云认为是“文学尚用思想适合了司马氏以晋代魏后寻求儒家政教文学观念支撑的现实需要”⑰，是对以往政教文学发展史的批判性总结。

皇甫谧既承认“诗赋欲丽”，也重视“风动教化”，把“尚文”和“尚用”结合起来，这就是他的基本观点，也是时代风气使然。因为他身在当时文化最昌盛的京师河洛地区，沾溉了时代大背景下人们对文学的基本观念，使得他虽然似与外界隔绝（隐逸），仍能对时代风气习尚有较为准确的把握。

（原载《广西社会科学》2009 年第 9 期）

注释：

①房玄龄：《晋书》，中华书局 1974 年版，第 1376 页。

②③杨勇：《世说新语校笺》（第一册），中华书局 2006 年版，第 231、231~232 页。

④严可均：《全上古三代秦汉三国六朝文》（第 3 册），中华书局 1958 年版，第 2302 页。

⑤葛洪：《西京杂记》，中华书局 1984 年版，第 12 页。

⑥萧统：《文选》，中华书局 1977 年版，第 21 页。

⑦⑨⑭⑰姜剑云：《太康文学研究》，中华书局 2003 年版，第 150、151、156、154~155 页。

⑧⑯梅运生、皇甫谧：《〈三都赋序〉真伪及其价值趋向》，《安徽师范大学学报》2002 年第 5 期。

⑩罗宗强：《魏晋南北朝文学思想史》，中华书局 1996 年版，第 102 页。

⑪⑫王钟陵：《中国中古诗歌史》，人民出版社 2005 年版，第 63、64 页。

⑬钱志熙：《魏晋诗歌艺术原论》，北京大学出版社 2005 年版，第 76 页。

⑮程章灿：《魏晋南北朝赋史》，江苏古籍出版社 2001 年版，第 164~165 页。

幽情漠漠　相思绵绵

——陈玉兰《寄夫萧关》赏析

叶长青

夫戍萧关妾在吴，西风吹妾妾忧夫。
一行书信千行泪，寒到君边衣到无？

陈玉兰是晚唐昭宗时的一位女诗人，《寄夫萧关》是她写给丈夫王驾的一封家书。萧关是汉唐以来处于宁夏南部固原市境内的一座历史雄关，在古代诗文中常常作为西北边疆的代名词。

自古有征夫就会有思妇，就会有魂牵梦萦的相思，就会有如泣如诉的诗篇。诗人陈玉兰以相思清泪织缀而成的这首断肠诗，倾诉了寂寞家居的她对丈夫有无限的爱恋和相思，与李商隐《夜雨寄北》："君问归期未有期，巴山夜雨涨秋池。何当共剪西窗烛，却话巴山夜雨时。"异曲同工，一去一回，遥相呼应。句句愁怨难泯，声声幽咽不绝，把情感的苦涩自然融于其中。

《寄夫萧关》通篇无一"思"字，可字字都是用相思这根"丝"串联在一起的，且重重叠叠，缠缠绵绵，把万般思念丈夫的浓烈之情仅用平常的口语表达得淋漓尽致，不由得让人如嚼橄榄，滋味无穷。

刻骨的相思何时开始？痛苦的忧心何由产生？"夫戍萧关妾在吴"一语点破情由。丈夫远戍西北，妻子居家江浙，由思而带来魂销肠断的担忧。与夫相别，身处两地，彼此不仅要忍受漫长时间的离恨别愁，而且要忍耐空间远隔及环境反差引起的忧郁。萧关与吴地山长水远，相隔无涯，真可谓一个在天之北，一个在地之南。每当年关节下或乍暖还寒之际，都会让诗人倍加相思，肝肠寸断，相见无望间只好又寄去那辗转莫测、迟到无期的家书包裹，使丈夫的切切期盼和浓浓相思得到暂时的慰藉。

相隔愈远，相见愈难，相思愈烈。诗人陈玉兰在极度相思中以自身的感知揣度着丈夫的处境，“西风吹妾妾忧夫”。当此之时，江浙大地的飒飒西风已让人阵阵生寒，可想而知萧关之域肯定已是“北风卷地白草折，胡天八月即飞雪”了。遥想在万里之外的丈夫，“寒乡无异服，毡褐代文练”，一定正在登高望乡，煎熬着“独在异乡为异客”的凄凉苦痛；而自己也因对丈夫的饥寒担忧，伫立西风，经受着“一声梧叶一声秋，一点芭蕉一点愁”的折磨。凝目远眺，忧愁无限。构成一幅征人枕戈待旦、杳无归期，思妇倚门凝思、望眼欲穿的动人画面。

相思难却，思而不见，反而平添几分愁苦，与其日思夜想而不得，不如写一封书信问个究竟。谁料思情难抑，泪浸鸿笺，“一行书信千行泪”。思无极，愁不绝，情景加倍难堪。想必诗人经历了枫叶飘飞的深秋，转眼严冬将至，真是四季一轮回，相思又一年！她空闺独守，相思盈怀，提笔未字却触处生愁：大雁双双南归，浮萍片片相携，鸣鹤呼侣寻伴，秋菊并蒂吐艳，物皆成双成对，人却盛年独处。难言难诉的孤寂之苦和伤心之泪更是不可抑止了。

相思苦况，和泪难书。不说也罢，免得让深陷别离痛苦中的丈夫又肠断天涯。于是乎，诗人转换视角，将她那不绝如缕的相思，凝聚成发自心灵的直白问讯——“寒到君边衣到无？”至此，诗人以语痴情切的问讯和深婉的忧虑，结束了她相思怀人的一封家书。

这首《寄夫萧关》，一气舒卷地抒写了诗人复杂而深细的感情。短短的四句中既有离愁别恨的痛苦，又有执着盼归的期待；既有坚贞恳挚的爱恋，又有哀婉迷茫的忧虑。别情与恋情相依，失望与希望交织，一片真情出自肺腑，流入笔底，使诗人的绵邈深情与思忆之苦得到充分展示。或睹物伤情，或移情入景，或依情揣想对方，或直接描画自己的相思情态，写得回环往复，细腻感人，读来倍感缠绵悱恻，荡气回肠。

（原载《彭阳文学》2008 年第 4 期）

渺远的祭奠

——漫说李白诗歌现实主义精神

景寿全

为了祭奠一个伟大的灵魂,我从品读他的诗歌入手……

李白是我国文学史上继屈原之后又一位伟大的浪漫主义诗人。这个定论看来是无可非议的了。是的,但凡走近过李白的人,涉猎过李白诗歌的人,无不被诗人那如椽的巨笔,想落天外的浪漫诗思所深深地折服。纵横几万里,亘古数千年;仙袂飘飘,白云悠悠;长江大河,破天而来;天门倒开,杯中邀月;醉眼秋波,携手日行;大鹏展翅,扶摇而上;笔撼五岳,诗傲沧州;抽刀断愁,风雨裁恨……起初,给人一种感觉是:李白的一生,是好酒贪杯、浪迹天涯的一生,是虚无缥缈的一生。然而,谁都不可否认,李白的诗歌,读起来是那样的朗朗上口,给人内心的感觉是那样的痛快舒畅,胸中的块垒顿时烟消云散,仿佛一位知己在向自己倾诉衷肠——因为他描绘出了我们人人心中都可能有过,但人人笔下皆无的另一番世界。这就值得我们去探寻,他的虚无缥缈的描写中到底蕴藏着什么东西,为什么能够引起人们的共鸣,并且历久传诵不衰呢?

一、浪漫背后的现实

我认为,文学史上把李白的诗歌划分为浪漫主义是只就表现形式而言的。而实际上,就表达的内容而言,却处处是隐射现实的。这当然要联系到李白的坎坷生涯当中去看了(即孟子的"知人论世"观)。李白生活在唐王朝空前繁盛但又潜伏着巨大危机的时期，一方面是空前强大帝国的繁荣气象,另一方面是统治阶级在强大繁荣外衣的掩盖下已开始走向奢侈和腐化的事实,这对于李白这样一个有着大鹏理想的热血男儿来说,未免就是生不逢时了。他崇高的政治理想是“奋其智能,愿为辅弼,使寰区大定,海县请一”(《代寿山答孟少府移文书》)。因为他太聪明了,“十五观奇书,作赋凌相如”,因此也不屑于参加科举考试,他有着“不屈已,不干人”的性格,有着“一鸣惊人,一飞冲天”的宏愿,希望凭着自己的文章才华得到知名人的推毂,有时也希望通过隐居学道来树立声誉,直上青云(他尝自言“隐不绝俗”);但是,严酷的现实却与他的性格与抱负处处相抵触,形成了巨大的矛盾,致使他一生都未能得志,他有屈原那样虽九死而犹未悔的精神,但终究徘徊在仕途的门槛外面,直到抱恨终老。那么,李白在世的时候,是不是因为不得志就甘愿寂寞地过着“求田问舍”的生活呢? 非也。李白到死都没有放弃过经世济民的伟大抱负,而是把生活的见闻和追求的苦闷幻化为许多首“惊风雨,泣鬼神”的浪漫诗篇。无论是观云赏月还是登山涉水,抑或是梦中游仙、置酒会友,也还是天河俱来、发垂千丈,都极尽铺陈夸张之能事,使人觉得似有而无,似真却幻。乍看处处显虚无,细味句句见世情。即以浪漫主义的曲笔形式表达对现实生活的愤懑和不平,使浪漫的形式与现实的精神达到了完美的契合。

二、现实主义精神的体现

我们就循着诗人的踪迹去探源吧。

青少年时代的李白,“仗剑去国,辞亲远游”的目的就是为了实现走上仕途兼济天下的理想。可这时的唐王朝已隐藏着深重的社会危机，诗人的理想便必然地和社会现实发生了尖锐的矛盾。李白的部分作品就是表现这种情绪的。如《古风》(其三)中所云“秦王扫六合,虎视何雄哉! 挥剑决浮云,诸如尽西来……刑徒七十万,起土骊山隈。尚采不死药,茫然使心哀……但见三泉下,金棺葬寒灰”,表面上看是为秦始皇而发,而实际上处处是在写唐玄宗。因为这两人都曾励精图治，而后来又变得骄奢无度，最后迷信方士妄求长生，结果必然是贻害于国家。在这里，李白运用了恣情的想象与夸张，既议论又抒情，既发泄了激情，又对现实进行了批判。又如《古风》(其四十六)中"一百四十年，国容何赫然……王侯象星月，宾客如云烟。斗鸡金宫里，蹴鞠瑶台边。举动摇白日，指挥回青天……独有扬执戟，闭关草《太玄》。"我们可以看到，在那繁荣昌盛的背景上，活动着主宰时代命脉的竟是一群腐朽的权贵，不禁使人有大好河山、锦绣前程将被活活断送之感，而这也正是诗人悲愤之所在。尤其是最后两句客观地摆出扬雄的典实，冷静平实的笔墨中隐含着怒目横眉之气。再如《蜀道难》："噫吁戏，危乎高哉！蜀道之难难于上青天！……上有六龙回日之高标，下有冲波逆折之回川。黄鹤之飞尚不得过，猿猱欲度愁攀援……连峰去天不盈尺，枯松倒挂倚绝壁。飞湍瀑流争喧豗，冰崖转石万壑雷……剑阁峥嵘而崔嵬，一夫当关，万夫莫开。所守或匪亲，化为狼与豺，朝避猛虎，夕避长蛇，磨牙吮血，杀人如麻……蜀道之难，难于上青天！侧身西望长咨嗟。"这首诗大约是唐玄宗天宝初年，李白第一次到长安时写的，他极尽想象夸张铺陈之能事，把山路写得高了又高，险了又险，创造出博大浩渺的艺术境界，充满了浪漫主义色彩。但是，联系到李白所处的境况来看，我认为此诗表面在写蜀道艰险，实则在写仕途的坎坷，同时也指斥了蜀中豺狼的"磨牙吮血，杀人如麻"，表达了对国事的忧虑与关切，具有深刻的现实意义。

在唐玄宗李隆基统治时期，奸相李林甫、杨国忠相继擅权，朝政由开明转向腐败，上层统治阶级生活腐朽，淫逸无度，骄奢无边。李白的一部分作品对转变时期的腐败现实做了深刻的揭露和有力的批判。如《古风》(其二十四)："大车扬飞尘，亭午暗阡陌。中贵多黄金，连云开甲宅。路逢斗鸡者，冠盖何辉赫。鼻息干虹蜺，行人皆怵惕。世无洗耳翁，谁知尧与跖！"作者运用虚实相间的手法，通过对有钱有势的中贵和斗鸡小儿的骄横神态的描绘，深刻讽刺了佞幸小人得势后的嚣张气焰，并由讽刺佞幸小人扩大为更广阔的社会现实，暗中已把笔尖刺向最高统治者的不辨“尧与跖”。又如《答王十二寒夜独酌有怀》中“……君不能狸膏金距学斗鸡，坐令鼻息吹虹霓。君不能学歌舒，横行青海夜带刀，西屠石堡取紫袍。吟诗作赋北窗里，万言不值一杯水。世人闻此皆掉头，有如东风射马耳。鱼目亦笑我，谓与明月同，骅骝拳跼不能食，蹇驴得志鸣春风……黄金散尽交不成，白首为儒身被轻。一谈一笑失颜色，苍蝇贝锦喧谤声……一生傲岸苦不谐，恩疏媒劳志多乖。严陵高揖汉天子，何必长剑拄颐事玉阶……少年早欲五湖去，见此弥将钟鼎疏。”诗人借助于答王十二的诗篇酣畅淋漓地抒发了自己的情怀，放纵笔法，把小人得势的丑态和统治者鱼目混珠、贤愚不分的蠢态极尽渲染，嬉笑怒骂，表现了诗人人粪土王侯、浮云富贵，不与统治者同流合污的精神，反映了安史之乱前夕李唐王朝政治上的黑白颠倒、远贤亲佞的黑暗现实，读之使人心潮难平。

自长安放还以后，李白那狂放的性格更加狂放，对权贵的傲视和反抗精神也更加突出，好多梦仙咏酒的诗篇大放光彩，看似“天马行空”，不触及现实，而实际上“隐不绝俗”，通过对自己那悲愤、狂放而又豪纵的感情渲泄，把当朝社会的黑暗暴露得一览无余。如《将进酒》中“……君不见高堂明镜悲白发，朝如青丝暮成雪。人生得意须尽欢，莫使金樽空对月。天生我材必有用，千金散尽还复来……钟鼓馔玉不足贵，但愿长醉不复醒。古来圣贤皆寂寞，惟有饮者留其名。陈王昔时宴平乐，斗酒十千恣欢谑……五花马，千金裘，呼儿将出换美酒，与尔同销万古愁。”作者与友人岑勋在另一好友家里宴碧霄，可谓人生快事，然而此时正值作者“抱用世之才而不遇合”（萧士赟语）之际，于是把满腔不合时宜的块垒，来了一次淋漓尽致的发抒。“人生得意须尽欢”，表面上看，作者似乎今天是为了庆贺人生的得意而来的，但实际上，诗人得意过没有呢？从“凤凰初下紫泥诏，谒帝称觞登御筵”（《玉壶吟》）来看，似乎得意过，然而，那不过是一场幻影；“弹剑作歌奏苦声，曳裾王门不称情”，又似乎并没有得意，有的只是失望和愤慨。但就此消沉么？不。诗人用极肯定的口吻说:“天生我材必有用”。接下去又说“钟鼓馔玉不足贵”,暗中已含了对过着富贵浮乐生活的达官贵人的激愤。再者圣贤古来寂寞,陈王有志难展,已是满纸不平之气,至此,诗歌已染上了政治色彩,虽是轻笔点到,但因前面的大幅渲染,可以见出李白这位有用之才,本当位至卿相,飞黄腾达,可也只能像圣贤一样地“寂寞”了。什么原因呢?作者没有说,只留给聪明的读者去遐想,去揣度。句句不写现实,但黑暗又自在眼前。又如《梦游天姥吟留别》中:“海客谈瀛洲,烟涛微茫信难求……谢公宿处今尚在,渌水荡漾清猿啼。脚著谢公屐,身登青云梯……霓为衣兮风为马,云之君兮纷纷而来下。虎鼓瑟兮鸾回车,仙之人兮列如麻。忽魂悸以魄动,恍惊起而长嗟。惟觉时之枕席,失何来之烟霞。世间行乐亦如此,古来万事东流水。别君去兮何时还,且放白鹿青崖间,须行即骑访名山。安能摧眉折腰事权贵,使我不得开心颜!”我们可以看出,诗人把自己梦中的仙境用新奇的表现手法,化为缤纷多彩的艺术形象。梦境何其美!可是,我们发现,在这样美的仙境之中,诗人仍有一颗不安定的灵魂。他有更高远的追求,谢安就是他理想中的人物,是诗人政治抱负的化身,然而,政治上的愤怨仍郁结于怀。因此,他在梦游之后,终于在惊悸中返回现实,以天外飞来之笔,唱出了封建社会中多少知识分子怀才不遇的心声,直刺中国封建社会埋没人才的社会现象。

“穷则独善其身,达则兼善天下”是多少封建文人的人生信条。李白的一生,似乎不穷也不达,不管怎样,他都没有放弃辅弼江山、经世济民的念头,因此,他的许多诗篇反映人民生活,同情人民疾苦。如《丁督护歌》:“云阳上征去,两岸绕商贾。吴牛喘月时,拖船一何苦!水浊不可饮,壶浆半成土。一唱都护歌,心摧泪如雨。万人系磐石,无由达江浒。君看石芒砀,掩泪悲千古。”作者把纤夫生活放在商业点稠密的背景上,与巨富商贾们的生活形成对照,使纤夫的形象凸现纸上,让读者仿佛看见那褴褛的一群人,挽着纤、喘着气,面朝黄土背朝天,一步一步地艰难地行进着……一方面写出纤夫劳动强度之大生活之苦,另一方面讽刺了统治者对穷苦人民的剥削与狰狞面

目，揭露了贫富不均的社会现实。又如《宿五松山下荀媪家》：“我宿五松下，寂寥无所欢。田家秋作苦，邻女夜春寒。跪进雕胡饭，月光明素盘。令人惭漂母，三谢不能餐。”秋收季节本来应该是欢乐的，可是在繁重赋税压迫下的农民竟没有一点欢笑，夜深了，仍然在舂米，身影何其寒单，心情又多么凄冷啊！窥一斑而知全豹，作者通过这一特写镜头，把农民生活的艰辛与困苦暗示得一览无余，令人顿生怜悯之情，同时，又使人可以想见统治阶级对人民的残酷压榨与剥削，一个黑暗的社会现实已力透纸背。

诗人除了揭露社会的黑暗现实外，也以自己优美飘逸的文笔和真挚的感情，描绘了祖国壮丽的河山，表达了作者的赞美之情，同时也抒发了自己对在游历名山大川的过程中所结识的朋友的真挚情谊，如《峨眉山月歌》：“峨眉山月半轮秋，影入平羌江水流。夜发清溪向三峡，思君不见下渝州。”作者以山月为纽带，见月如见故人，因而诗句中无不渗透着诗人的江行体验和思友之情，把广阔的空间和时间统一起来，仿佛把读者引入秀丽山川的美境之中，自有心旷神怡之感，当然对故园故人的思恋之情也就自不待言了。又如《望庐山瀑布》：“日照香炉生紫烟，遥看瀑布挂前川。飞流直下三千尺，疑是银河落九天。”看吧，顶天立地的香炉峰，冉冉地升起了团团紫烟，缥缈于青山蓝天之间，在红日的照射下化成一片紫色的云霞。这不仅把香炉峰渲染得更美，而且富有浪漫主义色彩。接着，诗人把视线移向山壁上的瀑布，遥看时，瀑布像是一条巨大的白练高挂于山川之间，接着又极写瀑布的动态，把瀑布喷涌而出的景象描绘得极为生动，“飞流直下”，那高空直落，势不可当之状如在眼前，真是想落天外，惊心动魄。在这种情况下，诗人自然地想到一条银河从天而降，使得整个形象变得更为丰富多彩，雄奇瑰丽。我们可以想象，诗人当时置身于如许壮丽的山川之间，对祖国的那种深爱与赞美之情该是多么强烈啊！

另外，如《赠汪伦》：“李白乘舟将欲行，忽闻岸上踏歌声。桃花潭水深千尺，不及汪伦送我情。”作者通过写离别送行，突出表达了难忘汪伦的深情厚谊，触人情怀，把水深情深自然地联系起来，变无形的情谊为生动的形象，自然而又情真。又如《赠孟浩然》：“吾爱孟夫子，风流天下闻。红颜弃轩冕，白首卧松云。醉月频中圣，迷花不事君。高山安可仰，彼此揖清芬。”写这首诗时，作者往来于襄汉一带，与比他年长十二岁的孟浩然结下了深厚的友谊，诗中描绘了孟浩然风流儒雅的形象，抒发了对孟浩然的钦敬爱慕之情。此外，李白在漫游过程中还结识了杜甫（醉眠秋共波，携手日同行）、岑勋、元丹丘（岑夫子，丹丘生，将进酒，杯莫停）等许多朋友，在其诗中都有体现，既抒发了自己的人生抱负与苦闷，又表达了朋友间的深厚情谊，具有深厚的生活情趣和现实意义。

三、总论

综上而言，李白的一生是复杂的。首先从个性上看，他是一个浪漫的人，狂放无羁，遗世独立，当然这与他接受道家特别是庄子的那种逍遥自由、蔑视世间一切的思想是分不开的，在他的身上体现着游侠、刺客、隐士、道人、酒徒、策士的气质和特点。其次从诗采上看，他是一个浪漫的诗人，他的思想和气质已经决定了他和“金玉其外，败絮其中”的唐王朝是格格不入的，由此，仁途难进的苦闷油然而生。但他又不是一个像陶渊明那样乐于归居的隐士（因为他接受过儒家“兼善天下”的思想，要求“济苍生，安社稷”），因此虽隐但不绝俗，随时准备致君尧舜，辅佐江山，但当这一志愿不能实现时，便纵洒轻狂，放荡不羁，登高游仙，青天解闷，将此化为诗篇，便显得雄奇飘逸，瑰丽浪漫。再次，当我们透过李白逍遥的个性和飘逸的诗篇去看时，一切都没有超出当时的现实，醉酒，游仙，登高怀古，宴朋乐座，畅游山川……尽管诗笔何等飘飞，诗意何等飞幻，但往往都是以曲笔的形式把现实的黑暗与诗人的苦闷艺术地呈现在纸面上，谁又能说李白不是具有现实主义精神的诗人呢？

（原载《彭阳文学》2008 年第 3 期）

后　记

《彭阳文化丛书》是彭阳建县30年来第一套较为完整的文艺作品集成。编辑工作始于2012年9月，完稿于2013年7月。在不到一年的时间里，编辑们席不暇暖，星夜劳作，终于成书。定稿之日，如释重负，感慨系之。

彭阳古有"东山文化之乡"的美称，历史文化积淀丰厚，地域文化光彩夺目。长期以来，彭阳文艺工作者在对传统文化继承、体验和感悟的同时，加强对现代文化的开发、积累和应用，促使了彭阳文艺工作的蓬勃发展。在党的十七大提出"推动社会主义文化大发展大繁荣"精神的引领下，彭阳文艺工作者自觉坚持"二为"方向、"双百"方针和"三贴近"原则，牢牢把握繁荣先进文化、建设和谐文化主题，自觉担当重任，在演绎彭阳文化的前世今生、古今延续，诠释彭阳文化的开放性、包容性、兼容性、不可替代性和发展当代先进文化上勇于创新，成绩斐然，成果纷呈。《彭阳文化丛书》的编辑出版，便是最有力、最具体的证明。

《彭阳文化丛书》全书共有七卷，分别为小说卷、散文卷、诗歌卷、报告文学卷、文学评论卷、书法卷和美术工艺卷。书中收录的作品大多出自彭阳本土文艺工作者之手，同时也收录了部分区内外著名作家、评论家有关彭阳的文艺作品。作家们通过对彭阳的深情描述、叙写以及书法、绘画的形神兼备，集中地再现了广大文艺工作者在建县30年来不同发展阶段的不同历史情怀。因之，这是一套经典的彭阳之书，一套厚重的彭阳之书，一套值得收藏的彭阳之书。适值彭阳县建县30周年，谨将这套特殊的礼物献给所有关心彭阳、热爱彭阳、建设彭阳、奉献彭阳的人们。

《彭阳文化丛书》的编辑出版,倾注了各级领导的心血和智慧。彭阳县县委书记张国彦、县长赵晓东在百忙中为该书作序,在内容选编上提出了明确要求,并给予了精心指导;县委常委、宣传部部长马文山始终关心丛书的编辑出版,多次组织召开编纂会议,协调解决该丛书编辑中存在的困难和问题,并以序的形式,对该书做了高度的概括和定位;县文联领导既组织协调,又亲身参与具体工作;文联各专业协会成员在丛书稿件收录、编排、校对上全心投入,废寝忘食;宁夏人民出版社责任编辑刘建英、陈浪、管世献和李彦斌等对丛书进行了认真编校、审读;银川天之健文化传媒有限公司相关人员对丛书进行了精心设计、排版。在此,一并表示深切谢意!

对于编者们而言,编辑出版这样一套涵盖彭阳建县30年来优秀的文艺作品丛书是第一次。可以说,编辑《彭阳文化丛书》的过程,也是编者们学习、赏析、推介彭阳文化的延续与拓展的过程。中国作家协会主席、著名作家铁凝曾说:“好的文学有能力表现一个民族最富活力的呼吸,有能力传达一个时代最生动、最本质的情绪,有能力呈现一个民族在自己的时代所能达到的最高想象力。”文学作品如此,艺术作品亦如此。《彭阳文化丛书》做到了。然而,由于编者水平有限,这套丛书还远未真正做到客观、全面地反映彭阳文化发展的状况,难掩挂一漏万、“冰山一角”之嫌。尤其在编辑过程中,遇到一些实际问题又不得不进行技术处理,难免留下遗憾的地方,祈望专家和读者指正。

编　者

2013年7月